《诗刊》社 ◎ 编

李少君 ◎ 主编

青春回眸

诗 歌 大 系

2016—2017

西南师范大学出版社
国家一级出版社 全国百佳图书出版单位

图书在版编目(CIP)数据

青春回眸诗歌大系.2016—2017/《诗刊》社编；李少君主编.—重庆：西南师范大学出版社,2021.8
ISBN 978-7-5697-0832-5

Ⅰ.①青… Ⅱ.①诗…②李… Ⅲ.①诗集–中国–当代 Ⅳ.①I227

中国版本图书馆CIP数据核字(2021)第081343号

青春回眸诗歌大系2016—2017
QINGCHUN HUIMOU SHIGE DA XI 2016—2017

《诗刊》社 编 李少君 主编

| 项目策划：蒋登科 张 昊 |
| 责任编辑：李浩强 |
| 责任校对：张 丽 |
| 装帧设计：王 冲 |
| 排　　版：杜霖森 |
| 出版发行：西南师范大学出版社 |
| 印　　刷：重庆荟文印务有限公司 |
| 幅面尺寸：160 mm×235 mm |
| 印　　张：23.25 |
| 字　　数：350千字 |
| 版　　次：2021年8月 第1版 |
| 印　　次：2021年8月 第1次 |
| 书　　号：ISBN 978-7-5697-0832-5 |
| 定　　价：98.00元 |

当代诗歌的"青春回眸"时刻

李少君

仅仅百年的新诗,很长时间被认为只是一种"青春写作",多少暴得大名的诗人,终身靠的是年轻时的成名作。成名作即代表作,一度成为一种诗歌现象。于是,有人说:诗歌只属于青春。

并且,他们还振振有词,郭沫若之《女神》、徐志摩之《再别康桥》、艾青之《大堰河,我的保姆》、卞之琳之《断章》、海子之《面朝大海,春暖花开》、张枣之《镜中》等,都是青春的激情产物,此后,就再难超越自己的高峰。

诗歌真的只属于青春吗?对此,我不能苟同,杜甫的"暮年诗赋动江关"如何理解?赵翼的"赋到沧桑句便工"呢?大诗人歌德愈老愈炉火纯青,还有里尔克说的"经验写作"以及所谓的"晚期风格",等等。

确实,青春本身就是诗。海子更是将很多人对于诗的印象定格于"青春时刻"。这些,确实是天才的火焰和光芒。

但伟大的诗人,一定是集大成者,无论青年、中年或老年,都会杰作频出,高峰迭起。还是说杜甫吧,青春时代的"会当凌绝顶,一览众山小",中年的"国破山河在,城春草木深",再到后来的"窗含西岭千秋雪,门泊东吴万里船",晚年的"飘飘何所似,天地一沙鸥""无边落木萧萧下,不尽长江滚滚来",哪一首不是一挥而就,震古烁今!

但为什么中国新诗一直停留在其青春期?我想过这一问题,原因极其复杂,既有历史的,也有现实的和诗人自身的。

首先,这与中国现代性的曲折有关。百年中国多灾多难,时运多蹇,频繁的战乱、洪水、地震和社会的急剧变迁,诗歌的艰难积累建设不断被破坏中断,过了一段时间又得重来;二是诗人们自己的原因,诗人总是想充当时代的号角,但时代在不断转变之中,为适应时代,诗人急起直追,但也无法跟上步伐,诗人无法安心下来专心诗意的雕琢,荒废了手艺;三是中国现代性尚在进行之中,指望仅仅百年的中国新诗走向成熟,独自创立巅峰,可谓痴心妄想。想想古典诗歌吧,从屈原到李白、杜甫,可是有着千年深厚沉淀千年变革创新的。

所以,百年新诗仍在行进之途中。但希望亦在这里,正因为尚未完成,就有自由,有空间,有潜力,就人人皆有可能成为当代李白、杜甫。自由诗,这新诗的另一名称,恰恰道出了其本质。自由地创作与创造吧,未来一定是你的!

诗歌就是自由的象征啊,未来、前景、希望,都在这自由之中!

"青春回眸"诗会创立于2010年,是《诗刊》"青春诗会"的升级版,是《诗刊》打造的又一个诗歌黄金品牌。青春诗会,在中国诗坛已占据太多的神话、传说,被誉为诗坛的"黄埔军校",被誉为进入诗坛的"入场券"。但其实,青春诗会应该只是青年诗人在诗坛的第一次亮相,应该说还只是一个开始,一个不错的起点,但后面的路还很长,还远不是结束,更不是顶峰。所以,"青春回眸"诗会的入选标准是:年过五十仍持续地保持着活力和创造力的诗人。这,才是成熟诗人的标志和象征。这,也才是中国新诗逐步走向成熟的漫漫长途之中艰难跋涉着的一支支劲旅。

　　百年新诗,也恰好走到了"青春回眸"的时刻,在经历向外学习消化西方现代诗歌、向内寻找吸收自己古典诗歌传统精华之后,又经历了向下的接地气的夯实基础的草根化阶段,如今,是到了融会贯通向上超越的时刻！寻找中国新诗自身独特的发展道路和精神面貌,是中国新诗自由、自发、自觉的自然之路,是创造性转化创新性发展的必然之路。而这一切,都将在"青春一回眸"之中展现！包括中国气质、中国气派、中国气象等。

　　所以,"青春回眸"历届诗会的诗歌选本,必然有更繁华的风景,等待你去尽情欣赏,那是当代诗歌最壮丽最宏伟的风景！

目 录

CONTENTS

总　序　　李少君：当代诗歌的"青春回眸"时刻 …………… I

2016

向以鲜　　代表作·割玻璃的人 …………………………… 04
　　　　　新　作·拾孩子——献给母亲楼小英 ………… 06
　　　　　随　笔·迷　宫 …………………………………… 13

伊　沙　　代表作·张常氏，你的保姆 …………………… 16
　　　　　新　作·分　辨 …………………………………… 17
　　　　　随　笔·有话要说 …………………………………… 24

郁　葱　　代表作·后三十年 …………………………… 28
　　　　　新　作·中年以后 …………………………………… 29
　　　　　随　笔·面对尘世，我不转身 …………………… 37

杨森君　　代表作·镇北堡 …………………………… 40
　　　　　新　作·落日下的旷野 …………………………… 41
　　　　　随　笔·像一个王一样写作 …………………… 48

刘起伦　　代表作·月光正照着沉默的诗人 ………… 52
　　　　　新　作·独步旷野 …………………………………… 53
　　　　　随　笔·写作的态度 …………………………… 60

潇 潇	代表作·对灵魂说	64
	新　作·走火的星星	65
	随　笔·伤口里的红眼珠	72
老　刀	代表作·关于母亲周利华	76
	新　作·黄骨鱼	80
	随　笔·新诗杂谈	84
草人儿	代表作·鸽　子	88
	新　作·身体的记忆	89
	随　笔·向诗歌敬礼	96
吴少东	代表作·立夏书	100
	新　作·快雪时晴帖	102
	随　笔·诗的痛感和意义	109
张中海	代表作·十月小阳春	112
	新　作·二道贩子	114
	随　笔·当我回眸无可回眸的青春	121
梁尔源	代表作·落　地	124
	新　作·籍　贯	126
	随　笔·写出湖湘大地的诗性精魂	134
蒲小林	代表作·木地板	138
	新　作·陈　旧	139
	随　笔·我们看见了什么？	147
崔益稳	代表作·我的狗兄弟	150
	新　作·天气播报	152
	随　笔·每天在血液深层穿越N次故土	159

刘成爱	代表作·萤火虫	162
	新　作·减　法	163
	随　笔·站在我影子里的那个人	171
杨亚杰	代表作·赶路人	174
	新　作·点亮一盏荷花灯	175
	随　笔·思诗独白	182
隋　伦　王单单	犹把金觥听旧曲	184

2017

陈先发	代表作·前　世	190
	新　作·榕冠寄意	191
	随　笔·困境与特例	200
胡　弦	代表作·春风斩	204
	新　作·花　事	205
	随　笔·林中漫步,或沙漏的含义	215
张执浩	代表作·高原上的野花	218
	新　作·春日垂钓	219
	随　笔·我宁愿做个示弱的人	229
阿　信	代表作·在尘世	232
	新　作·达宗湖	233
	随　笔·关于鹰	243
黄　梵	代表作·中　年	248
	新　作·大　海	249
	随　笔·谈诗断章	257

桑　克	代表作·海岬上的缆车	260
	新　作·辩解	261
	随　笔·想象的技术之脸	269

毛　子	代表作·那些配得上不说的事物	272
	新　作·关闭合	273
	随　笔·另一种回眸	281

何晓坤	代表作·多年以后	284
	新　作·在月光下漫步	285
	随　笔·灵魂深处的灯盏	294

蒋三立	代表作·老　站	298
	新　作·河流最蓝的时候	299
	随　笔·让诗跟着心灵走	308

王　琦	代表作·老黄牛和狗	312
	新　作·与岩石在一起	313
	随　笔·诗歌是我灵魂的歌唱	321

远　岸	代表作·黑暗中,听莱昂纳德·科恩	324
	新　作·勃艮第密码	326
	随　笔·把日子过成诗	334

曹玉霞	代表作·黄　昏	338
	新　作·四月的一个清晨	339
	随　笔·诗歌,给我生活的一个交代	344

雁　西	代表作·像晨雾一样亲吻这个世界	348
	新　作·像蜻蜓,轻轻地飞过池塘	350
	随　笔·诗歌应该给世界传递温暖	357

黄尚恩	步入中年,诗歌写作的新变	359

2016
青春回眸诗会

向以鲜

1963年生,四川万源人。著译有《超越江湖的诗人》《诗:三人行》《唐诗弥撒曲》《观物》《我的孔子》。

代表作 割玻璃的人

手中的钻石刀

就那么轻轻一划

看不见的伤口

纤细又深入

如一粒金屑

突然嵌入指尖

你感到如此清晰

疼痛,是一种词汇

而血则是虚无的意义

清脆悦耳的断裂

在空旷的黄昏撒落

却没有回声

声音的影子似乎

遁入雕花的石头

这是你最喜爱的声音

纯粹、尖锐而节制

午夜的钟或雪花

可能发出这种声音

那时你会醒来

并且精心数罗

你是极端忠诚的人

几何的尖端常常针对你

准确的边缘很蓝

你感到一阵阵柔情四起

那是对天空的回忆

设想一只鸟

如何飞进水晶或琥珀

鸟的羽毛会不会扇起隐秘的

风浪,让夜晚闪闪发亮

当浩大无边的玻璃

变成碎片

你想起汹涌的海洋

想起所有的目光、植物

都在你手中纷纷落下

拾孩子
——献给母亲楼小英

1

小时候，在田野间
我们拾过麦穗、稻子
运气好的时候
也拾过新鲜的鸭蛋
生锈的铜钱
和天上落下的星星屎
长大了，在城市里
我们拾过青春、爱情
热血的时候
也拾过伟大的理想
幻灭的书籍
黑夜中的雪花与银子

2

拾荒老人楼小英
拾到的就多了
一生都在拾东西
弯腰俯拾的时间
甚至要远远多于行走

在污秽的水渍中

看见黎明升起

又在腐朽的空气中

拾回落日、云烟

啤酒瓶、旧报纸、碎玻璃

泡沫、皮革、电线、钥匙

还有发霉的饼干和糖果

这些,是她和家人

生活的全部来源

活下去的希冀

3

拾到小麒麟时

他可真小啊

比垂死的小猫还要瘦弱

还要令人心碎

一颗细小的心脏

就要跳出单薄的胸腔

一朵微弱的火苗

眼看就要熄灭

身上残留着脐带

表明也是人母所生

披着母亲华服的母亲

扔掉废屑般,把亲生骨肉

扔进医院垃圾箱

身上没有挂上哪怕一丝

东阳土布的襁褓

楼小英俯下身去

望着赤裸乌青的可怜虫

像菩萨凝望

怀中的莲花童子

4

十几个脏孩子

每天傍晚倚门眺望山头

当佝偻的身影

随着巨大的箩筐出现在天边

孩子们泥鳅一样活跃起来

钻进褴褛的怀中

钻进母亲背回的破世界

这时，楼小英坐在旁边

欣赏着满地乱滚的孩子

如同工笔大师

欣赏着瓷器上的百子图

这时，荒芜的五里亭

犹如一面尘世的镜子

映照着欢乐、悲伤、爱情

也映照着时代疮痍

以及活着的痛楚

5

也有例外的时候

当有人责难楼小英

养活自己都难

为啥还要养别人的孩子

楼小英突然吼道：我们

垃圾都捡，何况是人！

那声音好大

胜过五月的炸雷

人们迄今记得

那是她唯一一次大声说话

仿佛不是出自楼小英之口

而是出自愤怒的菩萨

6

像所有的母亲一样

楼小英为每一个拾来的孩子

取上好听的名字

这种命名行为是神圣的

造物者为万象命名

名字是儿女们

活在世上的证明

楼小英要他们

光明正大地活着

拥有自己的尊严和性格

方方、圆圆、晶晶、菊菊

法天象地，明净如花

男孩子健壮

如传说中的麒麟

女孩子当然要美貌天成

十六岁的美仙,名字最好听

正从山里捧来雪水

喂养弟弟妹妹们

7

每个女儿出嫁时

尽管生活艰辛

无法置办成套的妆奁

无钱订制浪漫的嫁衣

楼小英仍然要竭尽所能

为女儿们购买

一个印花的脸盆

一个木制马桶

并且,亲手缝制一床被子

彻夜刺绣一对戏水鸳鸯

还有一丛青翠的并蒂莲

期待女儿和夫婿

相亲相爱度一生

黎明到来,养女方出阁

由哥哥张福田背出门

张福田是楼小英的独子

四十多岁仍孑然一身

8

再伟大的母亲

终究要离开孩子

苍白的病房中

楼小英望着一张精致贺卡

从英国寄来的祈福

遥远的英国在哪儿

楼小英并不怎么清楚

她曾在黑白电视机前

见过那个陌生国度

楼小英还记得

那儿好像有一座巨大的摆钟

还有一条美丽的河流

她的女儿费莉希蒂

住在种满草莓的庄园里

雪白的大檐帽下

半掩比草莓更红的笑脸

楼小英嘴角努力地

向上微微翘了一下

那是天下幸福的母亲

惯常浮现的表情

9

长明烛照耀着

楼小英生前的家

透风的老墙上
纵横粘贴着35张照片
91岁的楼小英
拾荒的送子观音
44年拾回35个孩子
让世界
绽放35朵干净的莲花

随笔 迷 宫

我想到了一座奇异的迷宫。

一座既光亮又晦暗的宫殿,其建造材料主要是由语言构成的,当然,可能还有梦或星光。

如果说诗人有什么异于常人的话,那就在于:诗人具有一种特殊的能力,他可以穿越这座迷宫,他既是迷宫的囚徒,也是迷宫的缔造者。

一道语言的光穿越了时间、死亡和爱。

所有的诗人都将为此耗尽生命。

诗人与语言之间所形成的暧昧关系是令人费解的。

语言的阴影随时笼罩着可怜又幸运的人儿。

对于一个诗人而言,最重要的是语言的直觉而不是生活的体验。

诗人永远张开着一张虚无的网,等待着语言的昆虫扑来。

或者反过来说,诗人就是昆虫,语言就是网。

诗的神灵隐居在语言的迷宫中。

走出迷宫的诗神,常常出其不意地站在我们面前。

语言的迷宫就是时间的迷宫。

诗人的语言是透明的、不可重复的、没有影子的。

世上真正没有影子的只有时间,你还能想出第二种东西来吗?

伊 沙

原名吴文健,1966年生,四川成都人。著有《饿死诗人》《野种之歌》。

代表作 张常氏,你的保姆

我在一所外语学院任教
这你是知道的
我在我工作的地方
从不向教授们低头
这你也是知道的
我曾向一位老保姆致敬
闻名全校的张常氏
在我眼里
是一名真正的教授
系陕西省蓝田县下归乡农民
我一位同事的母亲
她的成就是
把一名美国专家的孩子
带了四年
并命名为狗蛋
那个金发碧眼
一把鼻涕的崽子
随其母离开中国时
满口地道秦腔
满脸中国农民式的
朴实与狡黠
真是可爱极了

新作 分　辨

世界之最

这世上最好吃的

一道菜

对我来说

是在九岁那年

父母双双到秦岭出差

我徒手爬上他们单位

一棵高高的香椿树

摘了个痛快

五岁的妹妹

提着小竹篮

在地上捡拾

回到没有大人的

空落落的家里

我用从邻居李新家的

鸡窝里摸来的

两颗热乎乎的鸡蛋

炒了一道

香椿炒鸡蛋

城市诗人

每个周一黄昏

当我上完一天的课

乘车穿过高新区的

高楼大厦

水泥森林

我都有种莫名的喜悦

今天我忽然意识到了

这份喜悦

不仅仅是工作后的

轻松愉快

还与这夕阳染红

华灯初上

黄昏的城市有关

哦,我爱我

生长于斯的城市

更多时候

是爱它现代的部分

后视镜里

是渐行渐远的终南山

山里面住着五千隐士

只是传说

那些年萨特教导我们说：他人即地狱

上大学时

每到中午

男生宿舍楼的楼道里

常常会有人高喊：

"吴文健！你的退稿到！"

那是送信的同学在喊

带给他人几多欢乐

退稿总是厚厚的

用稿通知薄薄的

装在某编辑部的公函信封中

那是1980年代

每个中文系学生的常识

很遗憾

那些年我没有一次听到过

有人高喊：

"吴文健！你的用稿通知到！"

"吴文健！你的样刊到！"

都是我自己

到送信人的宿舍取回的

我印象至深的一次

是从潮湿的地上捡起来的

上面踩着一个大大的鞋印

分　辨

在城市的黎明
我惊讶地听到
鸟鸣
仔细谛听
想分辨出
它是来自
隔壁阳台上
二大爷的鸟笼
还是小区
楼间空地上
稀疏的小树林

美好的早晨

"我种的草莓结果了"
妻的声音就像
拉开窗帘时
涌入的朝阳

我醒来了
还要在床头赖一阵儿
不为别的
只为用手机写两首诗

妻来到我面前

我说:"草莓呢?让我看看。"

"我吃了。"妻淡然作答

仿佛这是一件平常事

除　夕

今年

我买了最小的一挂鞭炮

不是不放

而是少放

是我觉悟的体现

可还是觉得不光彩

所以我在零点到来前

出门放炮时

把手机故意撂家里

一张火树银花不夜天的照片

也不想留下

当我偷偷摸摸鬼鬼祟祟放完炮

返家途中却见一位流浪者

边走边喝半瓶酒

我想把他拍下来

才发现手机没有带

好在这一颗诗人之心

是永远揣在胸膛里的

下　跪

妻的外婆是一位

民间语言大师

我爱听她说话

我听她说话

佩服得不行

有一次我向她跪下了

就差磕俩响头

那是在她老人家94岁

去世的前一年她说：

"这一辈子呀，

快得就像滚豆子……"

夜宿炎陵县城

我们在黄昏时分抵达

一座山中的县

雾中的城

行人稀少

街道安宁

像是一个

神秘故事的开始

后来发生了什么

晚餐过后

四男一女

年过半百的诗人
在一家无人光顾的
老茶馆里
品着新茶
回眸逝去的青春
诗途一路行来
就像行走江湖
其间鬼魅丛生
也生于
我们自己的心魔

随笔 有话要说

不论是口语派的还是意象派的,不论是民间还是知识分子,当他(她)状态不好的时候,通常是言之无物或缺乏我所说"事实的诗意"的时候,他(她)一定会拜托词语,拼命在词语上花工夫,这其实是心虚的表现,仿佛美人迟暮,就更注重化妆。

永远要相信:状态、心态还可以更好,即便已经很好了。而保持最大的稳定性,则又是另一番境界。

世界上没有朦胧诗,西人眼中的东方神秘主义是其最后的遮羞布,真正东方神秘的泰戈尔句句清晰、细腻、微妙。阿赫玛托娃说:把诗写晦涩是不道德的。

写作的任何细节都值得用心去做。

非口语,有言无语,有文无心。

对女诗人真正的尊重,是与男诗人共用一把尺子,而非另辟特区。

灵感,不过是积淀。

神一定不喜欢神,因此诗神一定不会青睐自我神化的人。

三锥子扎不出一滴血,与大诗人无缘。

让文本孤悬于人之外,封闭于人之内,其实是很传统的作家的做法,更不适合于诗人——为什么叫诗人,而不叫诗匠、诗家?

人不与时俱进,诗何以进?

意象诗当如静物画,口语诗当如动作片,抒情诗当如小夜曲。

写作,是往一口深井里探头看。

也会有这种时候,你并无灵感,只是觉得该写首诗,便坐下来(关键是静下来)等,有时候就等着了,灵感翩然而至;有时候白等一场,也不是没有意义,因为即使白等,你也得到了心静,从未沮丧而终。

郁 葱

原名李丛，1956年生，河北人。著有
《郁葱抒情诗》《生存者的背影》。

代表作 后三十年

疼一个人,好好疼她。

写一首诗,最好让人能够背诵。

用蹒跚的步子,走尽可能多的路。

拿一支铅笔,削出铅来,

写几个最简单的字,

然后用橡皮,

轻轻把它们擦掉。

中年以后

罪己帖

到了这个年龄，
就有了一些声名或者名声，
其实我知道哪些才是真的，
哪些又是假的。

谁说我不恶，
我曾为恶人说情，
为龌龊掩饰，
遇到低下没有说话，
看到无耻竟不发声。

忍受过罪恶，
放任过卑劣。
我说过自己刚硬，
折过，但没有弯过，
可也低过头，叹过气，
在是和非面前茫然失措，
在黑与白面前不知所终。

以为自己超然，
想做的事情不一定做得到，

不想做的事情一定不做。
却做了该做的也做了不该做的，
要了该要的也要了不该要的。
我欲望未泯，欲壑难填。

也曾背弃情感，
那些好的，却没有一生。
也曾重利轻义，
面对小利，竟不由自主。
名利前失态，
红颜前脸红，
放弃了值得留下的，
留下了应该丢弃的。
放任过，轻浮过，
犹疑过，浅薄过，
为一件旧事曾经耿耿于怀，
为一段薄情竟然倾其所有。

人前说过假话，
人后亦放厥词，
不害人，但冷漠就是害人，
不苟合，但沉默就是苟合。
误解过别人，
猜忌过别人，
让人不快乐，
自己亦纠结。

以为自己理想主义,
其实别人有的弱点都有,
自信自己完美单纯,
其实他人有的积习亦甚。

有时孩子气,
有时又成人气,
成人气不是成熟气,
是世俗气是市侩气,
别人市侩痛斥是低俗,
自己市侩敷衍为弱点。

小事面前也纠结,
大事面前也草率,
面对世俗无能为力,
待人接物近乎痴呆。
不蝇营狗苟是没有缘源,
不巧取豪夺是没有机会,
一边做善事,
一边存恶念,
见到别人富有心有不平,
看见有人红火暗骂三声。

不落井下石,也算是君子,
但不是什么时候都坦荡,
不伤口撒盐,算不上是小人,

但有的时候也戚戚。
固执伤人,严谨伤人,
平和内在也伤过人,
曾亵渎圣洁,苦人内心,
曾庸人自扰,无事生非。
专注,但固执,
敏感,却执拗。

沉淀下来的东西越来越重,
早年看重的事物轻若尘埃,
不愿大起大伏,
唯愿细水流长。
说自己干净,但亦不洁,
说自己大度,却也狭隘。
原来想着恒久其实皆为瞬间,
总是想是金子终归还是浮尘。

那天晚上我抬头仰望的时候,
突然发现,天越黑,
星星越亮。就想,
人这一生,无大智慧,
终不得大道。

中年以后

安静了。安静了才更有熟透的味道。

就觉得,也许春天了,快暖了,
盼着那些植物长出芽来,
灵性的芽,年龄很小的芽,
看着它们就觉得,人不会老,
谁都不会老。

无论什么芽,草的花的树的芽,
只要长出来,只要是绿色的,
就能有一点儿好。
好积攒多了,这个世界就让人喜欢。
安静了,就沉稳了,就自信了,
就不说话了。

年龄越大,就越容易记起那些旧天旧地,
伴着许多失落和幻灭,
往昔的日子不是戛然而止而是往复循环,
成为内心真实、恒远、隐喻的所在。

原来我一直相信,
人会有不可逆的善,
年龄啊时间啊都会改变一个人。
后来我知道,我的理想主义几乎就是愚昧。

都单纯都简单都明朗都可爱,
那些时日再也回不来了。
其实经历过的都回不来了,

只是赋予了透明的年龄更多的情感。
对朋友说,有年龄的人都经历过挣扎,
所以就有了平衡生活的能力,
这也叫成熟也叫世故,
那沧桑感也许就是可以记住的经历,
记住了好的,就忘记了不好的,
记住了值得的,就忘记了不值得的。
与自己对话最可靠,这句话还可以延伸:
只有在意的与自己对话,
才是与更广义的世界对话。
这时候感觉,不撞击欲望但撞击灵魂。

外面的叶子显得枯淡了落寞了,
那种萧瑟不由于植物的生命,
而在于季节的年龄。

没有光,我说总会有,
没有颜色,我说总会有,
没有声音,我说,
总会有。

夜湘江

——2016年5月26日深夜在株洲读湘江

夜湘江。深夜的时候,
湘江就隐去了。

株洲的灯光，比江水浩荡，
我望着远处的湘江，
他时而东去时而北回。

我知道湘江流向哪里，
但不知道他源自哪里，
其实所有传说中江水源头，
都未必是源头，
那么多的江那么多的水，
皆源于草木土石之间。

我看到江边草的颜色，
时间久了，他们都是江的颜色，
湘江沉默，在漆黑的时候沉默，
隐于暗夜归于凡尘。

株洲的建筑鳞次栉比，
那些大厦都比湘江高，
而许多时候，更低的，却是经典非凡的。
湘江，他在夜里像积攒着刚性和柔情，
谁知道天光一现他便冲刷百里！

湘江平缓，青山黯然，
他们遥遥相望又遥遥相对，
你知道湘江昏黄的颜色怎不清明，

必是在泥沙浑浊的时候顺流而下。

夜湘江,湘江似隐。
若悲欢,若聚散,若离恨,
俱在湘江。
潇湘冷暖,则天下冷暖,
百水纷繁,无非湘江余波。

湘江,日夜平和。
夜湘江,如沧海时,
如桑田时。

面对尘世，我不转身

随笔

写了这么多年的诗，越来越觉得，固执地用浪漫、诗化的方式去描述世界，是因为对这个世界缺乏了解，年龄越大越觉得缺乏了解，因此才有一种愁绪，一种忧郁和犹豫，一种空洞感陌生感。一个人的思维总有空隙，不要觉得什么是自己熟知的，别把眼前的世界，总看成已知的世界。

再一点，我一直认为"诗不可说"，我甚至有一方这样的印章。好诗只可感受不可诠释，诗歌是一个人的内心世界，写诗就是写情感、写情致、写情绪，本质上讲就是写自己，而真正进入另外一个人的内心，几无可能。这不是说诗没有普遍的审美标准，而是在强调艺术的个人特质和多元情感世界中的唯一性。因此我主张，诗人要尽可能多写诗而不是"说"诗。

常说的一句话是苦难和幸福一起造就一个人的一生，可我内心有更多的忧郁成分，记忆深刻的总是那些磨砺人的经历。许多人爱什么就能记住什么，我不完全是。朋友有时赞美我的性格，可我觉得可以赞美的大部分是肤浅的，所以我很少有成就感。我的内心一半传统色彩一半现代色彩，这注定了我的思维方式和表达方式。还好，医生说我不缺钙。我知道，像我这样的人，骨头不会缺钙。

朋友们平时问得最多的一个问题是写诗有什么诀窍，我说没有，反正我至今没有找到，但有些东西是应该把握的，把握住了，就是诗意。比如：用心、时间的距离感、细微处的风格、简洁、隐秘符号、真实的心跳等。做艺术跟做人基本相通，看人的质量。还有，你平时怎么对待世界,你就怎么对待诗歌。还对朋友们说:"没有什么事情是大事情;不要指望从外界获得直接的诗意,诗意在自己融汇了世界之后的内心;永远不要平庸;用心感受,感受人,感受你能感受到的所有事物;生活中做一个正常的人,写诗的时候是一个不一定正常的人,要有节制的偏执;放大美好,尽量在其中沉浸的时间长一些。"

　　一个诗人,应该是一个理想主义者,需要真诚、睿智,需要学识、教养,需要相对自由的心理状态,需要持久的人格因素。不是苛求诗人一定是一个完人,但一定要接近完美,一定要是一个纯净的人。按照我对诗歌的理解,好诗和好诗人应该具有以下特征:一是诗人的创造力、影响力;二是作品的价值和个性;三是持续的作品生命力与恒久感;四是诗中展示的诗人的境界、品位和尊严;五是作品的先锋精神和探索精神;六是语言魅力。

杨森君

1962年生,宁夏灵武人。著有诗集《梦是唯一的行李》《上色的草图》《午后的镜子》《名不虚传》。

代表作 **镇北堡**

这一刻我变得异常安静
——夕阳下古老的废墟,让我体验到了
永逝之日少有的悲壮
我同样愿意带着我的女人回到古代
各佩一柄鸳鸯剑,然后永远分开
十年,二十年,三十年……
一百年以后,我和我的女人
分别战死在异地,而两柄剑
分别存放在两个国家

新作 落日下的旷野

古　道

不要问我孤不孤单
我正在接近一种近似虚无

世上没有一样东西真正消失过
就像灰烬的前身是火
火的前身是 堆干柴
干柴的前身
也许是一蓬沙蒿，也许是一堆猫耳朵刺

古道没入一片荒芜之地
它依然在某个序列里
与失去的记忆对称
也许，古时
一道来自朝廷的圣旨经过此地
只是无人知晓

什么与我在白昼里擦肩而过
什么就会在月光之下
重新矗立
我必须相信

古老的布局里
有我失去的记忆

一块石头的另一面
似乎有人为打磨的痕迹
风吹了它这么多年
它依然是完整的
仿佛就是为了这一天
我能够抚摸到它

阿拉善之夜

昔日的王爷府
也只有一个月亮
它照过的草丛也不会因此茂盛
我一度把它想象成一只盛满羊奶的木桶

一位穿红袍的僧人
坐在台阶上
他看见我从营盘山上下来
如果他有寂寞,我与他的一定不同

白昼热闹的赛马场上空
偶尔会有流星滑落,它们变成灰烬之前
从没有自己的名字
它们的消失,只是一瞬

其余的星辰正向西方流去

一根灯柱接着一根灯柱的尽头

是阿拉善小镇,在它曾经还是一片沙漠的时候

附近是一座古老的骆驼牧场

下午的钢琴声

我比妻子年长

对于晚年,我有过担忧

以致很长时间我都是在担忧中度过

这个心事我从没有告诉过妻子

现在,妻子坐在钢琴前

她在为我弹奏我们共同喜欢过的

英国名曲《斯卡布罗集市》

都过去这么多年了

妻子宁静的嘴角,依然像少女时代

落日下的旷野

这宁静,过于强大

我都有些不知所措

平缓的坡地上,两匹马

在吃草,鬃毛披脸的马头向着两个方向

远方是一座孤零零的烽火台
看上去像一只土黄色的面包
只需伸手过去
就能取到近处

我们不是草原上真正的骑手
马不理我们

为什么有人喜欢上了这里
我只对荒凉情有独钟
一只鹰高高地飞了下来
下面有什么
草原上的鹰
从不尖叫
更不会结伴盘旋

草原上的落日
也不是圆的
它更像一根粗大的木桩
在远处静静地燃烧

白色瓷

你们是看不到窑火的亲人
手掌抚过封泥，你们是来去匆匆的
不速之客

灰烬也许会复活

长青草的地方

有青砖,也有灰瓦

允许我从一片废墟中

捡回一枚碎瓷

是一道正午的反光

跳出浮土

允许我爱上了它险些失踪的青花

我猜测它曾是

青花瓷盘的一部分

恰好,它不是从我的手中

掉落

那么,那个小心翼翼的前人

又是谁呢

也许世间曾经

有过"哎呀"一声

接下来是　地碎瓷

四分五裂

其中就有

今天我捡到的这一枚

在巴彦淖尔市以东

在这片无垠的旷野上
一只鸟看见另一只鸟
它会飞了过去
一匹狼看见另一匹狼
它会跑了过去

一个人的旷野
要比两个人时大得多
甚至能听到
最小的风
吹拂一扑棱马兰花的声音
另一个人出现了
他骑在马上，他也看见了我
在距离我
不远处
他停了停

他分明是在端详我
正当我想跟他打招呼时
他突然掉转马头
向巴彦淖尔市的方向
奔去

他的样子

不像是一个人,而是像

一只贴着地面

飞翔的鹰

俯冲而去

敬拜炎帝(外一首)

我跪伏于此

眼里突然涌出了泪水

上祖啊,除此之外我别无所求

请你拔光我身上的毒草

醴陵白瓷盘

聚光的玻璃展柜内

一只釉下彩的盘子枝叶对称

我不认识的植物,这白中的青蓝

像下了咒语,它未必十全十美

却有夺目之色、吐尽灰泥后

异样的沉静

没有人舍得让它

碎成瓷片

作为一件遗存之物,也许

它曾被夺爱之人运出炎陵县城

在异地他乡受宠,在异地他乡暗中望月

随笔 像一个王一样写作

关于诗歌观念的讨论,对一个缺乏诗歌写作磨砺的人是无效的(我经历过这方面的挫折)。一个诗人需要慢慢在"写"的体验中自我觉醒,直到真的能"拿得准"某个属于诗歌恒久的已无需再证实的理念才有可能获得一种创作的自由意志。没有一种事物的成长不需要充分的时间做"底料",观念、技艺的形成也是这样。它不能超度时间的法则。一个有"经历感"的诗人,不光是指他的身世,还指他的才学。

写诗对我来说,有时就是一种逃避(就是人们常说的逃避现实)。当我因外界的世俗纷扰烦闷时,我愿以"自闭"的方式将自己与外界隔离。我害怕感受到自己在世俗生活中的无可奈何的脆弱——几乎只要一面对世俗生活中力不从心的"物、权、利、害",我就会变得垂头丧气。我有过这样接二连三地被某个"现实"挫败的经历,有时是一件具体的事务,有时是一个无赖的意志。而唯有在写作中,我才真的能体验到"自由、自主"的快乐——我无需应付无聊的琐事,无需权衡复杂的人际,无需迎合世俗的趣好,无需求人办事,无需低三下四,无需委曲求全。所以,除非不得不出门,不得不承担起某个不得不承担的世俗的角色,我宁愿一整天都这样——寂寞地坐在书房里"昂起头来,像一个王"一样写作。

诗歌是不能轻易写下的文字,这意味着,诗歌的语言是经过了反复掂量后才能出世的文字。当一行诗歌,写在一张白纸上或打在电脑的页面上,它就应该像空荡荡的旷野里凸现着的一块黑色(或白色)的石头——它单独、突兀、神秘。它的存在能够激发人的无限想象。它有一个看不见的"意味场"。古有"语不惊人死不休"之说，那么，为了达到"惊人"的效果，要擦去或删除多少文字。有人早先提出"用减法写诗歌"很在理，说明他已经了悟了诗歌不是随意的文字排行。就一首诗的整体而言，每一行文字甚或每一个字的出现，都应该是这个整体的一个"意义"支点，一个少了它就是一种缺失的必然的要素，是一只豹身上的一个斑点，而不是它身上的全部皮毛。写诗就是藏起"皮毛"展露"斑点"，我深信不疑。

　　写作的时候，我是诗人；不写作的时候，请最好别这样称呼我——诗人。当我离开写作现场，在别的任何一个场合出现，我都是以"一个人"出现，而不是以"一个诗人"出现。

　　我从不诅咒文字，是的，它们多么美啊！当然，衡量一个诗人的标准不是看他占有的词汇量的多少，而是要看他是否天才地巧用了他拥有已久的文字。

刘起伦

1964年生,湖南祁东人。作品入选《新中国50年诗选》《新中国军事文艺大系·诗歌卷》。

月光正照着沉默的诗人

<代表作>

我为什么在怯懦的时候才愿意承认
曾经爱过？曾经用诗韵的小银槌
反复敲打过灵魂里那颗蔚蓝之星

上帝最怜爱归来的浪子
而我，为一个破败的理想
又要浪迹天涯

我不知道，花香里走失的旋律
是否暗示了未来的命运
人们有理由对一个即将做母亲的女人
投去尊敬的目光。但我
只是怀着空想把目光投向别处

我走入暗夜，但不惊醒影子
因为，我认定了在高处
月光正照着沉默的诗人

独步旷野 [新作]

夜宿壶瓶山

一路的山道弯弯,峡谷幽深,危崖陡峭
像无可救药的爱情,垒成内心险境
此刻,连同暑热,被山上罡风压制在山下
我们在暮色四合时分抵达东山峰顶
这湖湘大地的制高点,离天近了,离神仙也近了
这是今天行程终点,我们在此下榻
有人想明天赶早,看日出,照耀辉煌前程
我却喊来一场夜雨。雨,无限加深山中之夜
独留下梦,这唯一干净的芳香之地
我只想做自己的神仙

秋天深了

那曾经炫耀在枝头的果实早被别人摘走
爱情不再挂在嘴边。渐行渐远的
除了愤世嫉俗的夏天,还有什么,各自心中有数
气温在一天比一天下降。目力所及,河水也在下降
露出河床与石头,这似乎更像事物本来面目
我承认,年轻时钟情于蓝色
甚至认为灵魂都是蔚蓝的。但此刻
岁月涂满苍茫。当我明白
自己已站在秋天深处

就不再挽留什么,对未来也无过多期待
一个不再年轻之人,无论眺望地平线上遥远的群山
还是凝视脚下这片小小土地,都无需提醒自己
什么是天高地阔,什么是心平气和……

雪

其实你没必要告诉我这样一个事实
——生活中唯一不变的法则
就是生活的法则永远在变
我是一个认真的人,在苦苦寻找正确答案
对于一场决意殉情于北风的雪
我不知道该做些什么,除了按捺自己的叹息
和准备一滴幽蓝的墨水

下午的庭院

无须多大地盘,庭院能接住
天空这面巨大斜坡倾泻下来的阳光
与之相反,树木想逃离大地
试着飞了飞,却是徒劳
连死亡都带不走懒惰的浓荫
总有一些人不劳而获,却拥有天下财富
比树荫还懒的是那只看家狗
它的下午梦已经绿了一大片草地
它甚至梦见地平线那遥远的威严

是啊,刚刚经历一个漫长的雨季
很多事物都发霉了。如果某个人的记忆
开始在一个生锈大脑里活泛
那也是温和且秘而不宣的事情
这便是我见到的下午的庭院
大门紧闭,如一副熟视无睹的面孔
四周石块砌成的围墙倒有几分生动
但显得比永恒更有耐心
让我猜不透它心灵的隐语行话
或许,它抱有的信念是
时间既不说话,我又何必开口

独步旷野

你不停追问
我为什么酷爱独步旷野

你看,迷雾散去
早晨像一个真相为我打开
世间万象,一一呈现
河水当然在流;太阳当然在天空
那逐利而去的人们啊
又开始新一天忙碌

只有旷野安静如一张白纸
我的宿命是一道数学题,如今

只适合交给风用减法运算

四季风,以柔软劲道

扫除一切多余之物。把我影子减去

把我肉体减成负数,或者一把空灵提琴

把那往返于忧伤和悲怆之间的琴弓丢掉

只保留自由和灵魂

多好啊!独步于旷野之间

红尘过眼,我自逍遥

时间空流去一个下午,但心灵没有

阳光在我们上空飞翔

留下些匍匐的阴影,像无人理会的荒草

如果凝神谛听,无需多久

就会听到一些久远的声音,譬如心跳

万物在同一个参照系里,被时间心领神会

生活中有许多我们无法说出

却肯定更加重要的东西。我因此有理由

来到河边,无所事事地看河水东流

时间空流了一个下午

却整个儿属于我们的生活

事件,或疑虑

莫非是邻人之斧?

莫非,我认定的,你游移的目光

不过是巧妙误解?
此刻,你若无其事,镇定自若

脑海中,有一把谎言磨利的刀子
它真能切中肯綮,庖丁解牛般
迅疾消解所有疑惑? 我不相信
一个人吹气若兰,就能轻易
全然驱散自己制造的迷雾

咳! 我是如此徒劳,企图
在夜的内心挖掘出一个深刻答案
而事件只在它自己圈定的领域
演绎并完成。我的诗句未曾参与

树　冠

米斯特拉尔说,美是上帝留在人间的影子
我甚为赞同。譬如树冠
绿在大地之上,像一个人灵魂出窍

微风拂过树冠,有一种秘密语言
无须破译。但鸟儿知道
阳光和雨水,是不同形式的怜悯和安慰

当然,在鸟儿那里
树冠是一种宗教

于我,也是

但我不可能选择上帝的视角
将树冠中暗藏的一切看清楚
这没关系。这并不妨碍我此刻
驻足,暂时放弃手中举棋不定的词语
我也不清楚
是什么在左右我的思想和行为
这好像与时间也扯不上什么关系……

南　方

身处其间,眺望北方的人
看见天上星星,却丢失手中石子
心头火焰,脚下潮湿的泥土与青草
原野如此慷慨,不适合持有太多秘密
譬如这四散的雨水,又在某处汇成一条小河。
庭院寂静,而树荫里零散鸟鸣
总在黄昏点亮一些怀想
并把梦里安睡的事物一一唤醒
如果我是一个外乡人,或者还乡者
面对一扇柴门,可以坦白,也可保持沉默
这一片土地,我还来不及命名
就走出茉莉花的香气。流光带走很多东西
但不妨碍无人时,会不经意喊一个人的小名
——南方

站在炎陵红军标语馆前厅雕塑前

到此处,方弄明白
未成燎原之势以前
在铁壁合围的黑夜,需要有耐心
一点一点,凿壁偷光

至于火借风势,风助火威
已势不可当
这中间,构成的整套美学
参观的诗人们
一时无法参透,这无关宏旨

但我看见那吹响号角的人
继而,毫不费力地
想到,一大群泥腿子
血管里压抑得太久的
血,开始燃烧,点亮了好歌喉

写作的态度

> 随笔

自古以来,"文以载道""诗言志",似乎早就给作家和诗人规定了社会角色和道义担当,是必须遵循的圭臬和不二法门。而我,写了二十几年了,越来越感到自己是一个没有写作使命感的人,也越来越对那种拿出"掌灯人"架势说话的人感到害怕。

毫无疑问,卡夫卡是二十世纪最伟大的小说家之一,而他的随笔和日记,我是拿来当诗歌读的。他文笔明净,想象奇诡,表现手法别开生面,作品中蕴含多指向性寓意,既是后来各流派写手纷纷追随的先驱,也成为见仁见智的评论者乐此不疲反复开掘的资源。这是有定论的,无需我置喙。

我之所以在这篇小文又把他给牵扯出来,是因为我读到雅努赫的《卡夫卡谈话录》某些片断。其中记载了卡夫卡这样一段话:"作家的使命是把孤独的和必死的一切引向无限的生活,把偶然的东西变成符合法的东西。他的使命是带有预言性的。"大师都是有使命感的人。

今年,朋友送我一本《无边的现实主义》,罗杰·加洛蒂对卡夫卡的研究是深入的,他认为,卡夫卡虽只是"一个否定的弥赛亚,他揭示一个世界内部的混乱和荒谬,却连'希望之乡'都无法指明"。但他同时指出后者是一个"自认为被赋予预言的使命"的人,对自己的责任有一种"极端的意识"。

自认为也好,他人认定也罢,有一个观念越来越坚定而清晰地扎根于我脑海:凡伟大的作家,对我们的时代我们的生活都负有预言的使命。我认为,伟大的诗人应该更甚!

回到我自己。我前面已经说过,我不是一个有诗歌使命感的人,这不是说我在写诗时就随随便便。我不期待在自己的诗作里写出什么能够教育人的大道理,我只想每一首诗都是遵循自己内心的。这就足够了!至于对诗歌语言的提高,这,也一直是我孜孜以求的!

萧　萧

1964年生,四川安岳人。出版诗集《树下的女人与诗歌》《踮起脚尖的时间》《比忧伤更忧伤》。

代表作 对灵魂说……

你要以十万倍的速度快乐
把陈年累月的妄想枷锁
从脖子上取下来，扔掉

当你从炼狱的窗口睁开眼睛
一次深呼吸，摸一摸自己的血脉
在灵魂深处最细微最真实的波动

有多少杂音来自你假想的敌人
有多少梗塞来自你的血亲
有多少坏死来自你阴暗的部分

你不能让一切都成为可能
你只有一副肉身，一颗被逆风吹散的心
在苦难的封底，写上幸福

让生活中那些重负不够致命
纯粹为自己活一次
最短60秒，最长下半生

新作 走火的星星

移 交

深秋,露出满嘴假牙
像一个黄昏的老人
在镜中假眠

他暗地里
把一连串的错误与后悔
移交给冬天

把迟钝的耳朵和过敏的鼻子
移交给医学
把缺心少肺的时代
移交给诗歌

把过去的阴影和磨难
移交给伤痕
把破碎的生活
移交给我

记忆,一些思想的皮屑
落了下来

这钻石中深藏的影子

像光阴漏尽的小虫

密密麻麻的,死亡

是一堂必修课

早晚会来敲门

深秋,这铁了心的老人

从镜中醒来,握着

死的把柄

将收割谁的皮肤和头颅

请你欺骗我

假如我拔掉时光的白发

走失的水色重回脸上

你与他们会纷纷赶来

酷爱我——早年诗歌的迷香

为我某一个偶然

安逸、鲜嫩

火中取栗的佳句

和月光下的鲁莽、冒失

辗转反侧

你书信中碳素墨水的笔迹

可以绕地球三周

却不能穿过大院的高墙

迎娶我一颗干净的心

而今,你巧舌如簧

不费吹灰之力

就拿走了我深夜的雨水

去浇灌你地下的

一株株花心和盆景

我裹紧早晨第一缕

还有些惶恐的阳光

想一想,我独一无二的

前世今生

想一想,这急功近利的世界

到处都是有钱的穷人

唉!我再也没有更多可失去的

请你欺骗我吧

刺痛的雪豹

我常常听见血液里

那只孤独的雪豹在南迦巴瓦

幽幽地哀鸣

阳光停在痛中
寒冷瞧着我的脸
冰雪是眼泪的花瓣
融进隐痛的心中翻滚

你被生活强行推到了远方
光阴在撕裂的半路上倒下
我被卡在一团时间的乱麻中
用一寸寸挫败喂养岁月的乳牙

今夜想念拖着云朵勇往直前
天空也朝你扬鞭策马而去
我咬着嘴唇
刺痛的雪豹踏着天上的星星朝远方追赶

从一座雪山到另一座雪山
从京城到世界的边缘
从悲到喜，从合到离，从生到死

走火的星星

我从天上一个小地方来
不小心
栽倒在人的手里
弄脏了碎片的笑容

世界翻过来

卸下我身体的光

像一枚子弹走火

我穿过污染的视野

炸开人群坚果般的愤怒

成了异乡的星星

星星是笨猪

不会抢红包

分不清软件的男女关系

而人的复杂精明

又是星星的鸡毛蒜皮

星星的羞愧

星星的焦虑,星星的心

人是遥远的,不懂

如今的故乡就是远方

天堂,镜子

今天的心情零下30度

风很大,日月山与青藏高原

在虚掩的词语上

呼吸急促

似乎难以想象

麻木与肉体开始结盟

夜晚打着喷嚏

像一个服苦役的病人

难以想象,青海湖

取下天堂的镜子

把一炉纯蓝的火苗

统统倒进了青海湖底

一湖燃烧的颜色啊

静静的,温文尔雅的暴力

零下30度,绝对的蓝色

多么干净,多么惊心动魄

仅仅一滴蓝

就把我要命的诗歌

从高处忧郁的湖底,分离了出来

仅仅一滴蓝

就大于高空的思想

大于气候中一个女人的命运

株洲的雨

小雨点从你的天空

羞怯地落下来
好像私会我
这个晚归的亲人

株洲雨潇潇
潇潇株洲雨

株洲的雨
是株洲沁凉的时光
株洲的呼吸
清洗着我的肺叶

有人说：
祭祀炎帝陵
擂鼓、鸣炮
雨就停息

祭祀了炎帝
也祭祀了雨
祭祀了82%覆盖的绿

哦,这里的神
在民间,是湿润的

随笔 伤口里的红眼珠

有一种声音,让我的伤口撕裂;
有一种声音,让我的伤口永不愈合。
我一直站在这个伤口上,
表达我,表达弱小,表达狭隘、阴暗、悖谬、无依无靠、形单影只,
还有一点点小愤恨!
因为这个伤口,
我永远无法表达痊愈,永远无法表达成熟。
我用孤独来自慰,

我用痛苦来自慰,我只能用痛苦来自慰!
因为痛苦在那一个夜晚给了我光亮,

在那个十二月的寒冷的夜晚,我躺在地板上,裹紧棉被,感觉到自己身体的温度。

伤口在体内角落里喊叫。应该给我一个回答,
我的伤口疼痛无比,却无法抵达伤口的那个深渊。

我一直不知道疼痛是什么颜色?它真实的味道到底是什么?

也是那个夜晚,痛苦把我的自信领走了。

也是那个夜晚之后,痛苦又领着黎明回来了。

假若你在凌晨冷寂的街道上看见一个过去的背影,那就是我。
我卖掉了我的第三条腿,四个轮子的汽车与创痛在空气中叫喊,使黑暗生锈。

我在伤痛里晕眩,愉悦。
伤口是可靠的,伤口给我警示和提示,伤口是一个永不背弃我的情人。
所以,我感谢痛苦,感谢伤口,感谢那一个声音!
我这样说,是不是一个女诗人的矫情?
这种矫情让我的伤口越来越痒,这个声音在我心头越来越痒!

假如说,诗人是一道伤口。
那么我说,女诗人就是伤口里的红眼珠。
其实,伤口是一种习惯。伤口习惯我,我习惯了伤口。

老 刀

原名万里平,1964年生,湖南株洲人。著有诗集《打滑的泥土》《眼睛飞在翅膀前方》。

关于母亲周利华 〔代表作〕

1

母亲说她不管了

她要去广州和她的大儿子一起生活

万里涛心里明白

母亲是在生他媳妇的气

当火车票真的放到母亲手上

她的脸黑了下来

母亲一声不吭走出柴门

在菜园转了一个圈,用手背摸了摸白菜帮子

径直来到泥坪

在橘子树前撒上一把谷子

她久久站在鸡和鸭的中间

直到万里涛连夜赶到山外去退车票

母亲才肯回到屋里

2

每次回到猴冲村

放下行李,我总是先到后山坡上的

楠竹林里闭一会眼睛

我喜欢竹叶和一些小植物腐烂的气息

我爱静听头顶上竹叶和竹叶相拥的回声

当我的走动

惊飞竹林深处的一群斑鸠

整个山坡都在一身冷汗里微微战栗

母亲知道我回来了

总是脚上挂泥三步并成两步赶回家中

她说今天有意多下了一把米

早上煮饭的时候灶膛里的火就发出了笑声

又衰老了一些的母亲

总是柚子一样笑着

她花白的头发上

别着一块金色的泥浆

3

在樟桥村

一说起我的童年母亲就流泪

一个十岁的孩子

赤脚割过风雨寒霜

每天清早要备好一筐草才能去念书

那头犄角快抱成一团的老水牛呵

在我割的草中

如果你嚼到一些泥块

我希望你能够原谅

只有你知道

我在割草的时候天还未亮

4

亲友找到弟弟要借1000块钱
弟弟说没有
第二天母亲硬是将积累了59年的私房钱
以我弟弟的名义送到了亲友手上
家里却连煤也舍不得烧
煮饭用的一直是油茶树的叶子
母亲做饭的模样几十年未变
翻几下菜,就转过身去添树叶
将头埋在浓烟滚滚的灶口
用一根打通了节的竹管吹火
看母亲做饭我总是不断擦眼睛
母亲的泪已被熏干
她清贫的脸上
除了几星烟尘溢满了幸福的笑容

5

天已经黑了下来
屋子里燃着熊熊的炉火
我们忘了母亲还在雪地里拔大白菜
突然一声啪一粒火星从火里
溅了出来,一圈人站起来抖着裤管
炉火到了要用铁钳划动

脱去一层灰衣才能看见的时候
邻居走了
母亲从厨房忙完进来，填补在空位上
在越来越暗的火光里
母亲倦了
低着头
在自己的膝上睡了

6

假期临近
我陆续地收拾行李
母亲就开始不吃饭暗暗流泪
必须起程了
我背着行李
母亲默默跟在后面
不再说话
送到生产队不再关牛的牛栏屋前
母亲早早地
拧过身去

新作 黄骨鱼

独 饮

我坐下来
突然想请自己喝一杯酒
我想庆祝一下
我还活着

采访死囚
禁毒日的凌晨
我在黄华路第一看守所采访一个
年轻的女毒贩

我习惯地蹲下身子朝她举起了相机
这位美丽的囚徒
说到她的儿子已有一岁多了时

她丰盈的乳房在囚服里轻微颤动
不知道她是看见我在拍摄
还是从窗户的玻璃上看见了自己
她挣扎着扭动了一下胳膊

如果不是她的双手被法绳绑在背后
很难把她与罪犯联系起来
看见她想抽出手,我真想走过去

帮她捋一捋那凌乱的刘海

黎明时分

喳喳地叫着

成百只不知名的鸟儿

在冷薄的黎明里

不断喳喳地叫唤着

引起我注意的

不是百鸟的争鸣

而是在百鸟的喧哗里

不时夹杂着的

低哑悠长的那一声

灵　魂

在一杯酒前坐下来

我听到我的胸腔里发出

狗的吠叫声

我看见我的灵魂

叼着一条骨头走过了马路

我看见我的灵魂

在我熟悉的城市里游荡

找不到归属

海　胆

那一年我们在深圳三门岛上摸捉海胆
海胆刺伤了你的手，海浪扑走了我的眼镜
在那些石头之间，我们捉了整整一袋子海胆
我们互相拍照有说有笑
然后我们又一只一只将海胆扔回大海
好像我们专门来这儿旅游
就是为了把这些身上长刺的家伙捉摸上来
看一看，然后再扔回去
如果这片海湾没有海胆，或者是我们没有发现
那个下午我们会干些什么呢？

黄骨鱼

下雪让天气
变得非常寒冷
黄骨鱼卧在水底不动
我指一条
鱼贩子捞一条
一条一条的黄骨鱼
从塑料筐
滑到沾满鱼血的菜板上
没有动
当鱼贩子用厚实的刀背
逐条敲打

黄骨鱼的头部

一条一条的黄骨鱼

被敲致死

依然没有动

树　林

有谁在意

被锯掉的那截树干

又长出了手臂粗的枝丫

这才是我熟悉的季节

一些树来到了春天

一些树还陷在冬天的死亡之中

在炎帝陵祭祖

鞠第一躬时

我抬头晚了一些

鞠第二躬、第三躬时

又抬头早了一些

当我抬起头

发现周围还齐刷刷低着头

我赶紧

将头又低了回去

新诗杂谈

随笔

1.隐喻、象征、通感这些都是修辞手法,说白了,只是语言的几根拐杖。如果一个有能力的人无需借助这些东西,可以走得更好、更稳、更轻松,不要这几根东西有什么不好呢?如果回到语言是思维方式和生活方式,诗歌是对情感真相的揭露这个问题上来,我认为诗歌语言的直接性就显得更加重要。一些修辞手法的运用可能会增加一些语言美感,但它同时会妨碍情感的直接性,在我看来,情感的优美大于字面的优美。

2.从这两种写作类型来说,一类是从语言本身出发,在语言上兜圈子,这种写作,多数以知识分子为主。这类诗歌利用人类的想象、语言的张力和语言的某些不确定性,来粘贴制造诗歌。这种诗歌会带来一种远离生活的美感,多数时候,我们认为这种诗歌是唯美诗歌。这种写作,人类一直在追求,人类最初由于对世界缺乏理性认识,渴望从这种写作中提升自己。现在不一样了,现在是一个信息爆炸时代,人类处于一种标签化的痛苦之中,一切都在数字化、泡沫化、即时化、花样化。人们几乎看不到什么真相,在这样一个大背景下,寻根,返璞归真,透过生活,用生命去写作,去揭示生活真相、情感真相的日常写作,就更加难能可贵。我想,这也是后现代为什么发散、生活化、破碎化、非逻辑化的原因所在吧。

3.至于有人说现代汉语诗缺乏个性,我认为主要是媒体太发达,使得文本很容易流行起来,容易跟风。还有就是对诗歌缺乏深刻的认识,对自己的生活缺少独到的发现。

4.诗人首先应该承担他自己,再考虑为社会承担些什么。用自己的生命,写自己的生活。一个诗人写一部史诗的机会不多,能力也不一定够。但这不妨碍诗人从自己的生活写起,把自己的生活、自己对生活的感觉、自己对人生的认知写好了,写真实了,诗人的每一首诗,都可以看作是社会的一个缩影,这就够了。一斑窥全豹,一滴海水,就是海的全部。

5.写一首诗,就是制造一个感情的共鸣器。这个器具,是方的是圆的意义不大,不论以何种面目面世,她发出的声音,必须保证能找到知音,能找到频率一致、能引起感情共鸣的人。明白了这一点,就有可能写出属于自己的诗歌。

草人儿

1966年生,原名萨印,满族,辽宁兴城人,现居兰州。中国作家协会会员。著有诗集《或远或近》。作品多次荣获黄河文学奖、少数民族文学奖。

代表作 鸽　子

一群鸽子

突然转向的鸽子
倾斜的身体被阳光涂得很亮
像空中一把飞散的金币
让我看不清阳光背后
究竟有多少幸福

新作 身体的记忆

野棉花

野棉花挂在风中
挂在山坡坡的腰上
一朵两朵……
朵朵白

天寒地冻
河水安静
枯枝上的野棉花
没有被风摘走的野棉花
你的一季
就是姐姐的一生

坐在风中

太阳温暖
谁都照

可我内心有伤
我晒不起太阳

荒草萋萋

与风同坐

我被一只狗守护的影子

显得孤单

黄河水车

桑蚕丝的裙子柔软

几缕月光藏进皱褶里

被风吹动

黄河水车在转动

飞溅而出的水珠高过我又低向我

我的目光

落向心脏

一生中有多少热情飞转

有多少激情飞奔

有多少遗憾安放在了岸边

而最终

还是自己接管了自己

与这个世界对等

对不起,亲爱的

命运的刀　砍掉了我左边的美

我只能用更加丰满的右边的美

爱你

命运是公平的

它赐予我诗歌、美貌、酒水

还赐予我一把不断削减的刀

它在嘲笑

我在微笑

有什么呢

命运忽视了一个重要的细节

我用不完整的美

对等了这个世界

我在等待一根麦秆吹响的秋天

一只耳朵是另一只耳朵的花朵

一只眼睛是另一只眼睛的湖泊

一个人的春天开在身体里

风过处

我在等待

一根麦秆吹响的秋天

应该有的痛

我们还在谈论小时候

夹杂着谈论女人奥兹、辛波斯卡

我说我更喜欢茨威塔耶娃
胜过阿赫玛托娃
我在她的诗歌里能找到一根针
对,是一根针
一根针的疼痛让我记忆深刻

对,小时候也是一根针
它扎在我心上
伴随我成长
我说我小时候像生长在非洲
没长乳房的小胸脯上
有两排非常精致的肋骨
如果我现在还有两排精致的肋骨
能不能激起一个男人的欲望
我没试过

那一年除了饥饿还有文攻武斗
他们打断了我的腿
但他们留下了我的命
我不知道
我应该心存感激还是要蓄意报仇
有时我磨刀
有时我写诗
我有潜藏的杀气
还没靠近一只蝴蝶或者一只蜜蜂
它们就飞远了

甚至一只蚂蚱

也在我靠近的瞬间

慌乱地蹦跳而逃

有时我写诗

有时我切菜

有时我也祈祷

因为我喜欢的茨威塔耶娃

让我明白　总该有点痛

养育诗歌和人心

断送在我手里的秋天

我会爱上你的胡子

然后爱上你

我会拿着一把刮胡刀

像一个手艺娴熟的老匠人

刮你的胡子

程序一：用毛巾捂软你的胡子

和我内心膨胀的欲望

程序二：在脸上涂白泡泡的液体

程序三：一把刀子在你的左脸颊右脸颊上下翻飞

仿佛在收割一片庄稼

也如一位帝王打理自己的江山

精准、细致地打理你的胡子

这一脸可以扎痛女人的胡茬

是我心头疯长出来的草

刮掉一层　疯长一层

秋天就断送在了我手里

身体的记忆

还有水

浅浅的水

还可以让一朵花开一个时辰

但我放进一根草

玻璃杯透亮

可以装下几个反义词

冷、暖

光滑、粗糙

软、硬

一根草也可以托起几个形容词

荡漾

宁静

依存

肉体记住的

都是它们喜欢的词语

炎帝陵

1

擂鼓,鸣金,放炮
细雨便站在了空中

2

身披金黄绶带
屏息而立
像一个远古时代选妃的女子
我从遥远的西北来

3

轻抬腿慢落足
回到远古
炎帝,你大爱天下
我只爱你

4

一个祭祀的女人
让五谷从身体里走向大地

随笔 向诗歌敬礼

草人儿，女人，旗人。这是我在博客上对自己的注释。我还有一个可以骄傲的身份，诗人。

"人"多了点，必然没出息。

一抬脚迈进银行，数了大半辈子的钱。用一位青海诗人揶揄我的话说，我也是见过大世面的人。的确，花花绿绿的钱堆积如山，大见识啊！

我还十分不安分。

有一项坚持，用了比数钱的年龄还长的时间坚持着，那就是写作。

白天数钱，晚上写诗，这日子大概过了近三十年。在这么多年的坚持之后，我不得不带着三分骄傲调侃自己：白天做人，晚上做神。

三十年前，我数钱是体面的，一双大眼睛在柜台后面一闪一闪，被许多的老爷爷老奶奶喜欢过，其中不乏1至N个男青年。

三十年后，我数钱还是体面的，因为收入提升了我的价值，我在金融业，像一名士兵战斗在最前沿，被猥琐男人刁难过，被更年期妇女挑刺责备过，被芝麻大的领导伤过自尊，但是，洗洗手，我依然可以在夜晚写出纯净的诗歌。

二十世纪八十年代末期开始写作，一不小心坚持了近三十年。活着、写着、爱着。这是我喜欢的状态。

我是喜欢诗歌而写作诗歌的，它让我在一种无望的生存状态中找到了出口，偶尔的欣喜、欢愉，偶尔的小小的快乐都是我喜欢的。

很多年，我像病人依赖药物一样依赖诗歌！而这一次我必须举起右手，向诗歌敬礼！

日子飞转,随便一过便过去了十几个年头。兰州诗人们,青年的老年了,老年的老老年了。

而酒依然喝着,这聚会依然继续着。这光芒忽闪着,诗歌的美好照耀着诗人们的内心。

二〇一四年的诗人聚会,西海固诗人红旗先生驾车不远万里,早出夜归,跨省来到甘肃兰州拜访诗人老乡,乘兴而来,尽兴而去,大有东晋王子猷之洒脱。恰逢诗人娜夜姐姐回兰探望父母,诗人叶舟小说获鲁奖,酒不多喝,人皆醉,醉于诗歌的美好,醉于诗歌赐予人性的美妙。

我无数次地举杯,感谢过诗歌,而越老越有了一份向诗歌致敬的情怀,诗歌让一个人心存善良,让一个人的人生精彩,诗歌给了我们崇高的尊严。

吴少东

1966年生,安徽合肥人。出版诗集《灿烂的孤独》《立夏书》。

代表作 立夏书

我必须说清楚
今夏最美的一刻
是它犹豫的瞬间

这一天
我们宜食蔬果和粗粮
调养渐长的阳气。
这一天的清晨,风穿过青石
心中的惊雷没有响起。
这一天的午后
小麦扬花灌浆,油菜从青变黄

我们喝下第一口消暑之水
薅除满月草,打开经年的藏冰
坚硬而凛冽。南风鼓噪
坂坡渐去,你无需命名
这一白亮的现象。就像一条直线
就像平躺的春光,你无法测度它
从左到右的深度。你无需测度

这一天的夜晚充满

多重的隐喻

从欲望到担当,从水草缠绕的湖底

到裂石而生的桦树。这一日的前行

几乎颠覆我

对农历的看法

快雪时晴帖

描 碑

她活着时,
我们就给她立了碑。
刻她的名字在父亲的右边,
一个黑色,一个红色。
每次给父亲上坟,她都要
盯着墓碑说,还是黑色好,红色
扎眼。父亲离开后,她的火焰
就已熄灭了。满头的灰烬。
红与黑,是天堂
幕帷的两面,是她与父亲的
界限。生死轮回,正好与我们所见相反。
她要越过。
这色变的过程,耗尽了她
一生的坚忍

清明那一天,
我用柔软的黑色覆盖她。
青石回潮,暗现条纹,仿佛
母亲曲折的来路与指引。
她的姓名,笔画平正,撇捺柔和

没有生硬的横折,像她
七十七年的态度。
每一笔都是源头,都是注视,都是
一把刀子。
将三个简单的汉字,由红
描黑,用尽了力气

我怨过她的软弱。一辈子
将自己压低于别人,低于麦子,低于
水稻,低于一畦一畦的农业。而她
本不该这样。她有骄傲的山水
有出息了的儿女。
前些年,还在怨她,
将最后一升腊月的麦面,给了
拮据的邻居,让年幼的我们,观望
白雪,面粉般饥饿的白雪

母亲姓刘。
我一直将左边的文弱,当成
她的全部,而忽视她的右边——
坚忍与刚强。
她曾在呼啸的广场,冲出
人海,陪同示众的父亲。她曾在
滔滔的长江边,力排众议,倾家荡产,
救治我濒死的青春……

我不能饶恕自己
对母亲误解、高声大气说过的每句话。
而现在,唯有一哭
她已不能听见。
膝下,荒草返青,如我的后悔。
她的墓碑
这刻有她名字的垂直的青石,
是救赎之帆,灵魂的
孤峰,高过
我的头顶

春风正擦拭着墓碑的上空,
我看到白云托起湖水
她与父亲的笑脸与昭示。
这慈祥的天象
宽慰了我

快雪时晴帖

> 羲之顿首:快雪时晴,佳。
> 想安善。未果为结,
>   力不次。王羲之顿首。山阴张侯。
> ——王羲之《快雪时晴帖》

我知道这短暂的雪
死于纷飞。

圆净,势缓,敛隐
外耀的锋芒
过程,不疾不徐
每一片都不及模仿

始料未及的时日
我念及远方与河边的林木
枝条稀疏,透露左岸的空寂。
雪没入河水,之前无声
之后无痕,像一场
匆匆的爱情。

我会在雪住后、风之前
穿越昏迷的冬日。
我能在坚硬的层面,应对
局面和设下的经纬。
宛如繁星的一盘棋
让你执黑,我执白,让你
先子,提走我,就像
阳光融雪为水,水
消隐泥土,是为了忘却过往
我们的每一笔钩挑波撇。
这掩埋大地的冬天
被电梯夹扁的脑袋
被关闭的三道重门
与我何干

翌日阳光大好

积雪未及融去，远空

湛蓝、鲜润

若周身无痕的皮肤。

你在远方，想必安好。

风过也，松枝飘落

粉碎之雪

让我重又郁结。

不说了，

少东顿首

梧桐颂

我就是那位在

夕光中抵达的人。你们可以

借助日晷、钟声和梧桐的荫影

计算我一贯的精准。

寒露时我会飘落

枯焦的痂皮，

每个春天

被斫去的手臂都会长出

经年的疼痛

这些年

我并没有迁徙，没有被

拔出深陷的泥土。我就在你们的身旁

我有我初夏的法则。
失去的荫翳,使我的天空
更加开阔,我看得见
钉满金星的夜空。我就在
你们的必经之路,就在
呼啸的花园旁边
我没有与你们结伴而行。
我一直穿越的路径
布满林立的石碑
这些失去双臂的华表
绝非形同虚设——
没有葳郁的版图
新生的枝头也会
悬挂一个不同的世界

拜炎帝陵

古乐响起时
我弯下了腰,
一拜,再拜,三拜。
夏雨骤停,阳光
拍及我的后背

崩葬于鹿原陂的大帝
此时是站立的,
日光悲欣,抚摩我

潮湿的脊背。太阳
撑开积雨的云层。
我的腰身,在他的视线之下
我的疼痛,在他的视线之下
我像沉实的稻穗,凝视泥土

一路走来,我也遍尝百草
有许多的根叶,让我麻木
甚至一片花瓣,几让我断肠。
我曾入月夜的森林,砍伐桐木
制琴,也制箭。驯兽,也驯己。
用火焰,喝阻蚊虫与狼群
用晨露,喂养心中的老虎,
逆着溪流,寻找幸福的源头。
与落叶一同腐烂的浆果,卡在
石缝中的白骨,我都忘记。
但一株燃烧的艾草,依然
让我泪流满面

洣水,正流入湘江,
雨,落在我的头顶,而阳光
照耀我的脊梁

诗的痛感和意义

<small>随笔</small>

痛感。诗的痛感,是从词语中发出的,是从词与词之间发出的,是从诗句发出的,是从诗句与诗句之间发出的。也是从诗之外发出的。

痛感由心。痛感由心到心。

痛感的传输通道是隐秘的,但确实是存在的。没有写出诗之痛来,是诗写者的通道没有打通。没有从诗中读出痛来,或是诗写者没有寻着传输痛感的通道,或是阅读者与诗写者之间的通道没有打通。

背负痛感的诗,才是可以飞翔之诗。

痛感是快感与美感的基座。没有疼痛的快感与美感,终会崩塌。

米兰·昆德拉在《生命中不能承受之轻》中说:"也许最沉重的负担同时也是一种生命最为充实的象征,负担越沉,我们的生命也就越贴近大地,越趋近真切和实在。"其意是指负担与沉重,是生活与生命的真实存在。这种存在,即痛感。没有痛感的生活,是轻飘的;没有痛感的诗,也是轻飘的。

痛感来源于诗写者的生存状态、生命体验,是疼痛自骨缝中散发的咝咝之声。

无论诗写者,还是阅读者,如果心脏像秋千一样被推荡一下,像铜铃一样被铃锤撞击一下,痛感就显现了。

痛感,直击灵魂。是生活的巨石投入心潭时四溅的回响。

意义。诗言志。

语言与意象是诗的表现,意义是诗之所指。甚至可以说,诗,仅是符号,符号蕴含的意思,才是意义。

情绪不是意义,情怀才是意义;格调不是意义,格局才是意义。

一个负责任的诗写者,不应将对诗之义的追踪,交给阅读者。也就是说,诗写者在创作之前,至少在创作途中,对整首诗必须有基本的判断和掌控,明确自己的态度、观点和精神所指。不能让阅读者在诗写者呓语般的断崖间自行架桥。你可以在通往意义的堡垒间铺就若干道路,让阅读者自己选择途径。而你在通往意义的堡垒间铺就的若干道路,正是你的心脉。

诗的多义性、歧义性,不是陷阱与沟壑,而是对诸多路径的发现。

陷入不知所言、不知所措、不知所终的漩涡里的诗,绝非好诗。

阅读的难度,是指通往意义的堡垒间有一条柳暗花明的秘径,但不是让人迷而不返或无路可走。

意义是诗之终极,是审美的终极,是诗之存在的终极。

意义是诗之源头,也是诗之终极。

张中海

1954年生,山东临朐人。著有诗集《现代田园诗》《田园的忧郁》。

代表作 十月小阳春

节气早已入冬,天反而转暖
风不大不小,太阳正好
一年到头,这难得的好日子是用来享受的
田野里走走,或倚禾垛迷盹一会
别再捣火棍一样背后捅着,火烧火燎

春灌的明渠已重整一遍
红薯窨子也留好气眼,疙瘩咸菜腌满了缸
天道酬勤。即便懒一回,也没什么大不了

锄镰锨镢都挂上了墙
该擦拭的擦拭,该上油的上油
包括新使上的手扶拖拉机
哪颗螺丝松了,就紧紧
太紧的,则再松松

没归家的只有那丰乳肥臀的大白菜了
不急,就让它在地里再待一个时辰
不图足斤足两,再增什么成色
小雪搬白菜,见见冰碴

十月小阳春不是三月阳春

一场秋雨一场寒

趁着太阳，快把满是樟脑味的大花被抱出来晒晒

天井里使劲拍打，拍打……嗅嗅

那又暄又软又暖的

太阳的味道

二道贩子

一场雨

毫无征兆,毫无来由。一场雨
突如其来,降临我的头上
一场雨,不会让曾经汹涌的河床复活
却让一坡庄稼,陡然,有了精神

谷子正待拔节,小麦灌浆
一场雨,省下我等农人多少力气
做梦想的,也就这个事
却不敢想。早晨荷锄出门
甚至还不敢像以往,抬头仰望

一场远没有透地的雨,没有让庄稼喝饱
也没有满足我有限的贪婪
却让地堰里的旱蛤蟆又满地蹦跶了
让我这青黄不接的日子
还可以
过得下去

"烟冢铺人心不平

四周围下雨当央里晴"

唯独这回,老天有眼

西边日出东边雨

道是无情却有情

十一月的马

似乎前世就注定了,此生无草

况乎嫩草

一个不关心自个儿生辰八字的食草动物

多少年之后

被接踵而至的祝贺搞得莫名其妙

马无夜草不肥呵

马有夜草

还有,主人故意落漏槽底的两颗豆粒儿

即便马瘦毛长

也总能忆起前世的草原——

可汗的草原,无涯的草原呵

马上,一马当先

眼看卧槽了

却每每总被别住马腿

最终却在一个过了河的卒子面前

失去主张

"热情,好色,喜游荡"
三块钱盲人卜卦与一块钱电脑算命惊人一致
又绝妙讽刺——
双妻运,却过着光棍节

忌牛羊为侣
却一生相伴
牛头马面
驴唇不对马嘴
磨合,因而成为一生的功课

好在老马识途
老马,随心所欲而不逾槽枥
不逾轭

二道贩子

先是贩自己的力气
力气没有成本
结果还是食不果腹
之后又贩嘴皮子
也没赚个仨核桃俩枣
以后贩卖所谓"艺术"
偷鸡不成反蚀一把米
再以后,别无他途了
就贩思想和灵魂

居然弄了张羊皮披在身上

赚,赚不大;折,也折不光
像一个赌徒
除了欠这满世界的人情
就只剩一副空空的皮囊
赤条条来,再赤条条去
了无牵挂

献　诗

此诗献给谁
母亲、导师、情人或仟何一个亲人
冠冕堂皇,其实大多是幌子
真人从不露相
最珍贵的秘藏,谁又轻易示人?
最应该敬献、最想倾诉的
只能带进坟墓或烂在肚子里
正如好大一棵树,我们仰望它
遮天蔽日,阳光坦荡
其实,黑暗中的部分
才是核心部分
如刨根问底
那树也就不再成其为树
一首诗
一座心灵的墓碑
也是如此

自掘坟墓

愚公移山一样,不舍昼夜
绣花针一样,细密
深度？高度？
好像都是自己为自己量身定做的
合卯合榫
正好把自己装进去

那无意中的诳语
就算墓志铭？
那所谓的里程碑
就是纪念碑了？
可这都已是身外之物

相比死无葬身之地的游魂
自掘坟墓,仍不失为明智之举

从头再来

刚刚结束的,是一场彩排
不用谢幕。接着,再来一遍
角色肯定是不能再换
已经安排好了的结局
也不是你想怎么就能怎么的

英雄和悲剧,都是上一世纪的事情
一个流氓和无赖、蛆虫
你越竭尽全力,越装模作样,就越好笑
就越能让看客找到自己
毫无意义的喧哗和骚动
不可阻挡的滚滚洪流

台子始终扎在这里
背景是青山,万古不老
故事老,表演者却是新的
太阳每天也是新的
灯光转暗,接着就是天下大白
锣鼓家伙再起,出场的就是你了
从头开始

一　觉

手一耷拉,书就掉床头下了
就像灯苗一哆嗦,接着就灭了
又像锄禾日当午,树䕃下平展四肢
蝉冲我头上撒尿
鼓角连营,马背上小憩
心放到肚子里。身埋在黄土里
从此不用,睡觉也睁只眼
不用夜深人不静,辗转反侧
睡到床上还是睡在船上

没什么区别
葬身土地还是葬身大海
也都一样
多么美妙。幸福的长眠也不过如此

随笔 当我回眸无可回眸的青春

1982年春,作为乡村小学校只拿工分的民办教师的我,应邀参加《诗刊》组织的"农村诗采风创作座谈会"。当时的背景是,改革开放的新变化,特别是农村变化,最早在诗中得到表现。如何突破现有的瓶颈,让诗更好地与时代接轨,是每个参会诗人也是当时诗坛面对的问题。

而在这个会上,我却信誓旦旦声明,此类诗不再写了。交稿的都是泥浆里拥挤着一群鱼背的即将干涸的《泥塘》、驴子摘下"捂眼"后却只站在磨道傻看不愿再埋头拉磨的《驴道》,以及分田单干后有吃有喝的农人"晴天也烦,雨天也烦"的《六月雨》。

此类诗作虽然在私下得到带队老师的首肯,却让除去丁庆友兄之外的另外参会诗人侧目而视。而那时的我,态度既僵又硬且顽,一切老年人才有的毛病全占了。再看看这几个所谓已有成就的诗人,一个个也都比我还老十分。

就这样,在那一个诗歌的黄金时代,我的时代还没有开始就已结束。其间,个中成因更是诗歌美学追求之外的源于出身、学养、环境、社会变化等诸多元素。之所以还有今天的劫后余生,说到底,也还是因为有诗所给予的拯救,起始如此,结束也应概莫能外。

寥无人迹的沙漠,最需要的当然是绿色,即便是一棵老头树。去年沿黄河一行的时候,在鄂尔多斯沙地,又看到了这一种树。正是春天,那河套里的白杨在春风中以自己阔大鲜亮的叶片发出春天的礼赞,而那老头树,只以刚刚生出的已半干的萎缩的叶芽做耳朵,给春天以态度谦恭的谛听。是的,也仅仅是谛听,尽管它天生就有点迟钝,有点混沌。

相约回眸,最大的愿望是让自己业已失去的青春失而复归,这,还真有个秘诀。在这里,不妨顺便再做一回"二道贩子"。也还是那位法国大师,在回答听众怎样才能永葆自己的青春时,他引用英国王尔德的话回答:"同样的错误,再犯一次。"

梁尔源

1953年生,湖南涟源人。著有诗集《浣洗月亮》。

落　地

代表作

一次难忘的空中旅行

魔鬼般的云流

欲把客人掀到舱顶

几百颗心似乎要抛向天空

那一张张肃穆的脸

好像要提前举行

空中告别仪式

我闭目祈祷

神啊

我现在万米高空之上

你快伸出万能的手

因为只有我

已感应到你在身旁

坐在身边的小伙子

正在给妻子留言

亲爱的

如果我掉入大海

你一定会看到一个红色标志

那是本命年

你给我买的红裤衩

如果掉入雪山

那你要等若干万年
才能在冰川中目睹我的英容
他笔刚停
飞机已安全落地

新作 籍贯

扫墓

坟堆上去年拔掉的杂草野花
今年长得更欢了
父亲生前从不拈花惹草
难道死后葬得孤僻偏远
他自由了,解放了
什么规矩也管不了啦

我最了解父亲
拔掉坟冢上的杂草野花
然后用黄土拍实
让他在阴间也保持晚节

那光秃的坟冢
被雨水浇得溜滑
就像父亲光秃的脑门
记得临终时他用乏力的手
拍了一下脑袋
对同事说,我走了
一根头发都没带走啊

父亲从夕阳中走过

那把锄头握成了画笔
将一生的构思
涂抹出殷红的底色
父亲没走出这幅
套色的版画

深沉的地平线
是父亲人生的此岸
也是归来的彼岸
他曾经倾泻出无数细雨
也没能将梦想染成彩霞

父亲佝偻的背影
残阳中清晰的轮廓
留下的只有
血一样赭红的印记
那些沉重的足迹
将夕阳踩踏出了一个缺口
但他人生的屏幕上
只有沉默的背景

祖母的抽屉

老案桌的抽屉里
封存着奶奶四十年守寡的岁月
泪水从木板缝里流走了
只有爷爷赠的玉镯、玉珮
仍圆润清亮
裹在那洁白手绢里
这么多年仍守玉如身

奶奶用拐杖撑着日子
岁月的秋风
将身子吹得很薄
抽屉中装着整晚的咳嗽
那熏人的中药味
没能驱走缠身的病魔,那天
奶奶操了一辈子的心血
全呕在昏暗的灯光下

旧桌上总点着线香
奶奶敬神打卦时
那些滔滔不绝的神秘祷语
让幼小的心灵迷惑胆怯
奶奶说神灵都在天上看着我
因此,我企盼那缕青烟

能飘到空中让神灵知晓

奶奶的虔诚

但钱纸烧得再多,没几年

神灵还是将她带走了

那个装满钱纸线香的抽屉许多年不敢打开,因为

心中十分害怕里面

跑出阎王和小鬼

籍　贯

每次填写籍贯

那支笔尖

就好像扎着了故乡

烙在记忆中

永不脱落的那块胎记

记不起家门口哪块青石板上

还有我稚嫩的脚印

也想不出老巷中哪个门垛里

钉着生锈的那块门牌号码

只有妈妈对我乳名的大声呼唤

仍在震撼着游子那摇摇晃晃的魂

在人世匆匆行走

风沙裹得我严严实实

戴着面具演绎虚幻人生

不管怎样包装

大山里走出来的山货

总打着原产地

那个无法改变的条码

月亮撒了一把盐

那条通往村庄的小径

像一条发不出音的声带

许久没哼出一支山歌

也没吹过一声唢呐

晚风摸不到老屋的心跳

静谧中已听不见

女人的喘息

和老木床摇晃的嘎吱

昏暗的灯光下

只有爷爷的胡子里长满故事

奶奶的瓜藤上缠着枯萎

隔壁那棵羞涩的桃树

春风中飘落了笑靥

李家院内的那支红杏

在张家的墙头搁着媚眼

小花猫懒懒的

睁着一只眼

闭上了另一只眼

夜色中，月亮给村庄
撒了一把盐
将寂寞腌制在山坳里
岁月从罐子里掏出的
仍是皱褶的身影

在肖邦故乡

在华沙凛冽的寒风中
那些追赶的枯叶
就像钢琴中跑出的音符
跳跃在这个音乐国度每个角落
北国的冬草都已枯萎
唯独华沙的小草
仍伸着绿茵茵的耳朵
踏着生命常青的那支乐曲

来到仰慕已久的那栋乡舍
抚摸那架古老的钢琴
优雅的B大调和G小调
弹奏出一个天才少年的身影

在一个古老的教堂里
音乐的心脏安放在上帝身旁

那铿锵有力的节奏

伴随着那静谧的神曲

从硕大的管风琴中

迸发出对音乐的虔诚

生活在圆舞曲中奔放

幻想曲将青春陶醉得浪漫缤纷

母爱抒发出甜蜜的摇篮曲

但当那根神奇的琴弦

被病魔绷断时

那永远也不会停止跳跃的音符

却无法为一个伟大天才

谱写一支《安魂曲》

青花瓷素描

一滴浸染的青墨

在乳白的流水中笼住一场月色

一粒种子从性感的胴体中

嗤嗤地长出无数羞涩的藤蔓

盈盈郁郁的晨光里

无意中飞过一只孤独的雀鸟

揭开楼榭的薄渺门帘

楚楚地走来黛玉怅惘悔惋的身影

一场天青色的烟雨

打湿了唐诗宋词的韵脚

那乳白淡雅的肌肤里

撑出一支亭亭玉立的墨荷

静谧的夜色中

从月影走过 一个前朝的旧梦

随笔　写出湖湘大地的诗性精魂

"挥毫当得江山助,不到潇湘岂有诗。"湖湘大地在本质上是一块诗性的热土。沅芷澧资,一路逶迤、求索不止的屈原在这里行吟出中国文人的最初诗篇。辞藻绰约、人神相交,楚辞是绚烂的浪漫,美到极致。与这种极致性的美并行不悖的是满腔奔腾的爱国热忱流贯其中。审美与政治两江并流、互相充溢在近现代湖南,更是书写出夺人耳目的文化壮观。我想这两者能如此水乳交融,在根本上湖湘儿女交付给世界的是最本源的生命热情和人生姿态。这种生命热情、人生姿态便是最大的诗性。这种生命热情、人生姿态也是"人之初"的原始保留,对抗着现代化的人格异化。20世纪30年代,沈从文深情凝眸湘西世界,就借此为参照,旨在为"都市人"(现代人)造一面镜子。当然,古老土地往往也意味着民族文化的某些根脉所系,有最大生命热度的湖湘人在"当惊世界殊"的同时,也会勇于以另一种眼光打量和审视自身,20世纪80年代,轰动一时的"文化寻根"便肇端于此。最本源的生命热情和最率真的精神形态在这里自是统一的,上演的是"诗与真"。作为生于斯、长于斯的湖南人,我时刻都在聆听着来自这块大地深处的心声。

我向往纯美。美作为诗歌是名片,美到尽头便是给人以宗教化的精神洗礼。出生山村,童年时代的月亮浣洗着我的柔情梦乡,其中的宁静、悠远、皎洁时不时地把我从俗世中打捞出来,总感觉生命在云淡风轻中飞升,和着另一个世界漫游。我写了一系列以"月亮"为意象和主题的诗歌,譬如《儿时的月亮》《古寺月色》《搂着月亮入睡》《洱海月色》等,大约寄意于此。

我欣赏天下情怀。美到尽头,给人心灵以慰藉和提升,就是向善的。真正的向善是离不开天下情怀的。纯美更多的是个人化和"私爱"的,人之为人,又是离不开社会的,我向来不忘瞩目担当精神、忧患意识和致敬"大爱"。

我习惯于文化根脉中寻找生命的密码。我的家乡据说是蚩尤与黄帝之战败退后的归宿地。炎帝舜帝都"托体"湖南境内的"山阿"。古老的土地、古老的灵魂,似乎处处都掩映着神秘主义的光和影。这是历史眷顾湖湘,赐给这片土地的别样"歌与哭"。这些来自远古时代的精神遗留,常常勾起我对生活和生命的反思。古老的土地如何新生,这是一个庞大的课题。而我们最需要做的便是将最真实的一面(甚至沉疴痼疾)裎露出来,让生命回归真实,做一个率真的湖湘人。

蒲小林

1963年生,四川遂宁人。著有诗集《命运的风景》《时光的背影》《十年:蒲小林诗选》《也不是因为风》。

代表作 木地板

我总是轻手轻脚地开门,轻手轻脚地接近
厚实、光洁的木质地板,以及褶皱一般的
木纹,就算这样,依然躲不开
刻骨的刺痛
深一脚,浅一脚,我不知道这样的走动
会践踏多少棵树、多少片森林

在这间屋子生活了很久
我始终不敢正面看一眼脚下的地板
以至不能区分木缝间偶尔怪异的
声音,是木头碎散,还是
我身上的骨架即将断裂
想到曾走过的每一块木板
我都不敢暴露内心的战栗,甚至
不敢承认,所走的每一步,其实
都踩在自己被肢解的
骨头上

新作 陈 旧

羊皮床

自从睡上这张羊皮床
一群羊就天天晚上来枕边嘶叫
一会儿是雪白的几只
一会儿是漆黑的几只
即便叫得声嘶力竭,也不忘朝我心底狠狠踹上一脚

想到曾经把它孩子一样抱在怀里,喂它们
吃草的样子,想到它们在草地上追着花开
悠然自在的样子
我就不敢轻易触碰床板上的羊皮
更不敢回想此前,在羊群哀嚎的泪光中
我曾穿过的羊皮衣,吃过的烤全羊
喝过的羊肉汤……
甚至不敢再与人提及半个
羊字

直至某一天取下床上所有的羊皮
扔掉家中所有与羊有关的器物
我仍然无法摆脱羊的影子
就在写下这首诗的一刻

我依旧不敢正视,有多少只羊的尸首
躺在我的体内
以致在所有的场合,我只能尽量模仿
羊的温顺,生怕一不留神
就暴露了一次又一次
亲手杀羊的劣迹

自杀现场

老人老了,两根老拐杖
相互支撑了很多年

这次实在撑不住了,就
带着心中那块石头
跳进了村边的老堰塘

几天以后,刮了一场大风
两根拐杖浮在水面上
弯弯的杖头,紧紧地靠在一起
仿佛两个老人出了一趟远门
现在,又搀扶着回来了

张莲花

刚刚要跳
就听见树上的喇叭叫她的名字:

张莲花,张莲花
这一天,儿子写来了一封信

过了几年,她再次来到水塘边
那天村里停电,她的名字
再也没有人提起

池塘里的水花
让全村起了波浪

白　发

白发,不是头发白了
也不完全是风雪漂染了一个人的时光
是一个人用大半生光阴,走完了内心
漆黑的一段,直到黄昏,骨子里的
光线,才从头顶上迸射出来

这一丝一丝的银,这耀眼逼人的
无数道锋刃
需要多少的奔波和虚度,
才能磨得如此雪亮

无 题
——致 Q 或江油

李白来了,月光涨价
雪来了,银子无人收藏

纵有千般挥霍,一生
也花不完一首唐诗
坐拥万座江油,却不如冰冷的心脏
在这个夜晚,被捧成一盏孤灯

陈 旧

日历没轻没重地翻,一转眼
你的时光就被越翻越薄
你也在一夜之间变成了旧人

有时候背着时光后退
躲在某个角落,涂脂抹粉
或者用软布擦拭镜面,试图
在镜子里把自己擦新
但不等出门,门首先旧了
昨天刚开的花,早上才起的云
瞬间就变得比想象还要陈旧

很多事情就是这样,在看见的一刻

你就成了它的过去
总以为第一次触摸到的
都是新的
其实,就在你这么想的时候
你的身上已落满了灰尘

在有太阳的涪江边上

整个冬天,我们都和身边的植物一起
在涪江边上晒太阳,我们脱下好看的
衣服,树木亮出洁净的枝干
那些浓重的、稀疏的、层层叠叠的
叶子,早早地腾出阳光
尽量不让阴影笼罩我们
偶尔几朵妖艳的花,因过分刺眼
至今还被雪紧紧捂着,仿佛是
纸包住了火,我们的内心
藏住了天空

有时当着植物的面,我们也和
四周的泥土粘在一起
闻泥土的香气,看脚印从泥土中
长成土豆、红薯,长成
花朵、叶片,长出故乡的模样

有时又把泥土,从一个角落,搬运

到另外一个角落,在有泥土的地方
无论多远的旅行,都不再被称之为
流浪

而此刻,鸟就要归巢了
我们还在圣莲岛的草甸中,贪恋
最后一抹夕阳,仿佛内心的
某个地方,还是缺少了一点温度
仿佛炽热,还是要从
渐渐冷下来的时候　开始

死　恋

隔壁马大姑前两年就走了

他在她的土堆边支了一个篷
一边躺下,一边喊她的名字

马大姑,马大姑
喊着喊着,身上的暖气就直往上窜
喊着喊着,就大汗淋漓,眼冒金花

仿佛马大姑真的被喊起来了
仿佛喊一声,墓碑还是那道虚掩的门
墓穴还是从前暖暖的被窝

羊　群
——致红原

几根草,一针一针　把羊群

挑出冬天

一大片草,赶着羊群漫山遍野

奔跑,跑得多自在啊

这些洁白的花

在一望无际的沸腾里,潮水般

向前涌动

眼看就要拽着草原

涌入天上的云朵了

……

当羊群的影子越来越远

我内心的白,也丢失了

一大片

炎陵途中遇雨

路本来是干净的,从株洲到炎陵的

三个小时,一场细雨还是把路面

重新清洗了一遍

窗里窗外,我们的头发、身体和行李

也被清洗了一遍

直至下车的一刻,雨仍然没有停止

如此甚好,我只是无法保证
拜祖鞠躬的时候,骨头上的灰尘,会不会
在炎帝面前落下来

随笔　我们看见了什么？

说到"青春回眸"，似乎会有几分青春不再、好生眷恋的失落与伤感，这样理解的时候，我反复怀疑，我们是不是被"回眸"二字蒙骗了。回眸，不过就是回了下头，转了下眼珠，又或者经历过的一切，引领我们从生命的另一个方向看了一回自己的人生履历。不管前面的风光多么美好，多么诱人，一生的行走中，我们都会有意无意看看背后，几乎任何一个人都是这样走过来的。其实，你的眸什么时候回，在哪段路上回，并不特别重要，重要的是，回眸的一刻，我们都看见了什么？

我曾经有过一段困苦的童年，后来学会写诗，那段生活的点点滴滴总会有意无意出现在我的句子里，甚至可以说，我所有的诗都是从这些没有诗意的生活中诞生的。事实就是这样：诗，只来自日常、真切的生活。而真切的生活，至少由两个方面构成：一面是前，一面是后；一面是阴，一面是晴；一面是苦，一面是乐；一面是爱，一面是恨……如果只是面朝大海，你不过看见了世界的一半，如果只是满目青山，你也不过目睹了天地的一半，正如诗歌，也顶多只是生活的一半。

因为，诗人从来就不可能只生活在诗歌里，因为，诗歌原本就是现实与干净的灵魂在某一时刻的悄然相遇。回眸，让我们看见了生命中的曾经，那些被我们记忆或者丢掉了的一切，常常会因为一次有意无意的回眸，给我们的心灵带来意想不到的撞击、抚慰、暗示或者警觉。

而回眸本身，既是对过往一切的审视与尊重，也是诗人的心灵得以沉净、升腾的重要方式，只有不断回眸、不断检阅自己的来路，才有可能充分领略生命轮回中自始至终的得与失、生与死、爱与恨，进而完成对固有现实秩序的归顺或反叛。只有在不厌其烦的回眸中,诗人才可能回到自己,同时也更接近天地万物。不管你回眸看见了什么,也不管你的年龄是在五十还是一百,青春都跟随在我们生命的每一个时刻。即便生命枯萎了,坟墓上的野草,仍会代替我们继续摇曳。

崔益稳

1965年生,江苏海安人。著有诗集《一线灯光穿透平原》《隐性疼痛》。

代表作 我的狗兄弟

还记得飘浮在老家上空的狗吠吗
一狗领咬引来全村狗咬
汪汪汪,如夜露般
将我的村庄打湿的狗吠

在步行街突然与老家一只狗相遇
我和它都大吃一惊,彼此轻吼一声
皆忘了乡音,进入城市的它
已被高楼大厦阻隔得尖腔怪调
还有它渴望自然却总碰壁的爱情
至多只等来城郊接合部的尴尬婚姻

回老家的路更是难找了
也曾在霓虹闪烁的城关大道边
撒了几泡以辨别方向的尿
顷刻就被南来北往的汽车尾气冲淡
兄弟啊,你迷离眼光里全是艰辛
狗活得都快像人样了

老家的狗似乎已经听懂
忽然嗖一声落荒而逃

满腹同情的它

肯定要去捡拾我丢在城市的足迹

新作 天气播报

开发区的蝉鸣

我入江湖已久
土话的余音早被生活的打狗队
砍掉了尾巴
偏偏江淮官话卷舌的口齿
蝉、蚕、缠不分
蝉,似蚕,缠死你

蝉,转移到开发区高楼狂嘶
缠,脱壳也脱不掉乡音
蚕,作茧自缚包住心痛

一杯浓茶两行热泪
独对苦夏
呆坐　与开发区一树蝉鸣
交换烂在这人间的忧伤

平原风吹正一棵歪脖子树

平原风上下左右吹呀吹
横竖在一个平面上直来直去

中风的父亲被越吹越歪

昨晚风口上的他突然发话

在他歪斜多年的视线里

风吹正不远处一棵歪脖子树

歪脖子树歪向平原深处

父亲的嘴脸歪向黄土浅层

平原上一盏盏东倒西歪的灯

总是被风吹亮又吹熄

吹灭父亲这盏破灯后

风定会把我推到平原最前沿

明天一早我就避开乡贤

踩着露水和风去母亲的墓地

以这棵歪脖子树为参照物

将墓碑上的父亲名字擦擦

并且悄悄扶止

携乡亲们乘坐春天的高铁

春天的高铁说透了

就是块围着春天转的高高在上的铁

母亲离世八年后的这个春天

我才在一个梦境的下半段

携邻里乡亲一起登上浩荡高铁

围着鸡鸭绝迹的生产队转了三圈
围着污水相连的公社和县城转了三圈
围着雾霾缠腰的江苏省转了三圈
这铁家伙把风呼呼扔在两边越开越快
丝毫没有停下来的意思像要飞

怎么满车的列车长司机巡警乘务员
全是我逝去的大伯大嫂叔叔阿姨们
一次次和春天一样鲜活的急刹车
刹不住他们喜鹊般的叽叽喳喳
最后演变为骨子里歇斯底里的怒吼——

停什么停
一种叫灵魂的东西到哪找出口

犬吠骑在鸟鸣身上

29楼的犬吠掉下来
雪橇犬的京叭的泰迪的
一树鸟鸣停在3楼高的香樟树上
白头翁的柴雀的黄鹂的
这两者相碰
犬吠成为春天骄傲的骑手

这犬吠与鸟鸣奔跑于春天表面
仔细听是时间细微的胎心

张牙舞爪的树梢做了鞭子
这两种声音一会儿前后一会儿上下
春天以巨大的倒装句式演变
错乱者还有养狗和听鸟鸣的人

如果鸟鸣和犬吠都懒得攀比新鲜
这故乡需要死几回才能活着

老家扒芋头的哲学

芋头一般躲在地平线之下
不用推算,扒芋头的人双脚陷泥
与秋天的距离就相当于负数

扒芋头的人谁不心高气傲得要命
活像将城里吃芋头的人
以及前三个季节均踩在脚下

挥起锄头活像对祖宗敬礼的姿势
还忘不了对着泥土啐一口
呔,你这黄土当真埋得了什么

一茬茬芋头出土,一个个季节烂掉
扒芋头的人步步为营,逐渐将自己
埋进烂芋头让出的位置

黄土到底埋得了埋不了什么
阵阵冷风贴着芋头地头行走
将似是而非的答案带往尘世以外

挂在树上的雪

树一棵一棵脱光衣裳
雪花却一片一片为老家披上盛装

这一脱一穿之间
冬天悬在高处性感起来

雪挂在树上就争夺风的形状
诗人们总善于在体内下雨飘雪

为了这体外的雪依然张扬
我只有把内心的村庄打入地狱

天气播报

种地的母亲从前每晚七点半
总是喜欢坐在收音机前
等着喇叭里的女播音员
说天气

后来跟我进城的母亲

每天依旧等着天气预报

首播听大概

复播听老家一带

母亲说，习惯了

总是想着不下雨的日子

如何整好一晒场的稻谷瓜果

母亲去世后

天气预报的时间到了

对付偏头痛与失眠

我总是坐在她坐过的位置上

等待天气预报

哪怕是过时的

手工活儿

步行街卜咖啡馆灯光暧昧

手工磨咖啡，手工摊薄饼

我在暗处被灯光研磨成碎片

喝亲人的血嚼亲人乔装的骨头

想起老家父母这两盏老油灯

手⊥的灯芯照亮朴素全家

他俩更像两只丑陋的土著咖啡豆

没有一天不被时岁的牙齿研磨

手工的坟墓,咖啡豆状的坟墓
昨夜一只灯芯熄了
明年春天坟草长成绿色的火焰
就像将冷色今晚烧得热气腾腾

味道好极了,只冲不饮
托盘和杯子摆成墓园形状
今夜在苦涩餐桌上
好在我是路过,不是停留

一片醴陵瓷的正反两面

一面像金币造型,另一面像脸孔
亲人和财富同时出现

向上可遇湘江一带的云彩星星
向下却留得住整个人类的心跳

釉下之彩,正反两面的虚幻距离
其实远大于土地与天空的夹缝

离开醴陵,我眼中的醴陵瓷
连光泽都属于赝品

随笔　每天在血液深层穿越N次故土

我曾表示,只写两种主题的诗:亲情和故土。有朋友好心相劝,这样的路子太狭窄了,会进死胡同的。而我以为相反,这太庞大了,庞大到可延伸触击到当下社会的所有穴位。泱泱诗坛,弱水三千,我取一瓢足矣。

为何每天N次穿越故土?既是自觉选择,更为现实所迫。

面对所谓城市化对自然和文明的疯狂掠夺,大部分诗人应该没有装瞎,大江南北正演绎着惊人雷同的进攻模式。一排排秀美村庄被麻将牌般地推倒,曾经清澈的河流又黑又臭,所剩无几的老树在推土机轰鸣中苟延残喘。更可怕的是,每次与乡亲们照面,听到的是一个个熟悉的名字,谁谁走了,谁谁又走了,得的全是与污染有关的怪病。

在城头遥望这样的老家,手无寸铁的诗人们能改变得了什么?趁老家还在,归途还在,哪怕越来越不成样子的老家还算老家。

我要穿越的其实更多的是精神层面的老家。没有装瞎子,不等于看穿了老家背后的惊人变异,可怕的是故土之上人心的变异与离析。毒大米、瘦肉精、地沟油、三聚氰胺牛奶,哪样不是生于斯长于斯的乡亲们的"杰作"?和城里人一样疯狂追逐苹果手机和意大利牛排,在大街上假装跌倒而等待善良的人们来扶,整建制的村组倾巢出动掀起电信诈骗狂潮……像洗洁精一样的时代之潮,不可避免地要荡涤人身上本真的东西,每个人都挡不住地异化。

但诗人在异化面前你得清醒,得坚守!写诗三十年,想当初一两个主义加一堆意象就铸成辉煌诗星的年代,我体验到的是狂热和快感。如今下笔战战兢兢,收获的却是虚妄和疼痛。在疼痛里纠结地行走,这需要多么强大的内心准备。当年波特莱尔将他那个时代的"恶之花"写尽,我们的诗人为啥不能以独特视角,善良而警惕地将这个时代的"恶之花"歌之泣之呢?

恕我已在无数诗篇中大书狗的形象,我与他们称兄道弟。我反复讴歌过老家一只狗,母亲死后,与她相伴多年的狗,不愿随我进城过宠物狗般的优雅生活,而是一次次逃回老家,最后失踪了。我在心底向它致敬与庆幸,因为它没有客死他乡。故土难离,故人难舍,狗尚且如此忠诚,何况人呢?多少次酒酣耳热之际,我拍案反问左右,当下有几人敢保证活得比狗还要忠贞不二?

我们的老家渐行渐远。我们的后代将是没有老家的可怜一代。生活之恶在践踏,还好我们还有诗,可以竭力在分行文字里自我救赎。每天在自己血液深层穿越N次故土,真诚、真实、真挚地记录与呼唤,我们的心跳与飞翔就不会搞错出发时的方向。我们的内心会越来越坚强和宽广。

刘成爱

1965年生,山东平度人。出版诗集《丰收的余数》《刘成爱的诗》。

萤火虫 〔代表作〕

儿时追逐过的灯笼
一次次出现
一闪一闪亮晶晶
陪我江湖远行

如今,我老了
在这个没有伙伴的深秋
我找到了
当年的小山丘
轻轻叫了一声自己的乳名
感觉很陌生
拍拍手
一盏几十年前的小灯笼
又晃晃荡荡
回到了我的泪水中

新作 减法

在春天

1

老农醒了
犁醒了
大地醒了
种子醒了
根茎、枝条、叶子、花蕾、果实
全醒了
只有我还在纸上沉睡

我梦见自己的指甲在抽芽
舍不得醒过来

2

阳光放下梯子
那些歪倒在冻土上的草芽
那些渴求温暖的小灵魂
努力挺直身子
想站起来

3

一对乌鸦,背对背
蹲在冷漠与沉寂中
一对喜鹊,紧紧相拥
用嫩黄的歌声温暖对方

在春天,一对乌鸦在赌气
在春天,一对喜鹊要结婚

4

最先从石缝中探出头来的
是一茎小草
最先看到小草开花的
是一个盲孩子

借助阳光
她感到内心涌起明亮的芬芳

5

小南风一吹
阳光就在花瓣上跳跃
跳着跳着就碎成了阴影

花瓣早晚要落
春天早晚会老

那个用衣袖擦鼻涕的小女孩
早晚会变成摇着蒲葵扇的妈妈

母亲墓

石头的石
卑微的卑
合起来就是母亲的碑
陪她的只有一堆黄土
黄土之上
摇曳着两棵小草
一棵是孤
一棵是独
秋风吹来
它们紧紧相拥
很久
很久不分开

离 开

母亲离开时告诉我：
"你不是从苇湾捡来的
是娘在冬天生下的
那时候太穷
在月子中落下一身病"

我不知道该说些什么话

只紧紧抓住母亲的手

有人过来抱我

我哭喊着不走

就怕母亲忽然离开

在我少不更事的年纪

母亲还是忽然地离开了

她只在梦里回来

给我们掖被子

而我们却浑然不知

黄　昏

很小的时候

奶奶每天背着我

去村后的苇湾采蒲草和蒲棒

回来的时候

奶奶背着我

我背着一小捆蒲草和蒲棒

这时　奶奶哼唱的歌谣比

原来稍显吃力

我吃着蒲棒在黄昏中睡去

醒来的时候发现

奶奶已经用那些蒲草

编了一个蒲团

她坐在上面

像坐在一朵云上

在黄昏的朦胧中

我冷不丁发现

奶奶从村口飘闪而过

减 法

大雁驮走谷仓

劳动带来疲惫

疲惫是丰收的余数

苍茫的大地减去大豆和玉米

等于一阵秋风

一阵秋风减去寒霜等于冰雪

从冰雪开始

继续往下减

减着减着就减到了

冻土里的那粒种子

它使劲抖了抖身上的黑暗

亮出了嫩绿的小牌子：

春天！

树

搬家的时候
我想到了这棵树
这棵小时候被我折断了无数次
又无数次愈合
无数次发芽的树
如今,歪在旧墙上
有些苍老
工人们沉重的脚步和喘息
令它瑟瑟发抖

我想把它移到
我所居住的城市
但那些细小的根须是移不走的
叶子上的阳光
是移不走的
阳光中明亮的雀叫是移不走的

那片林

那片林
是鸟儿栖息和伤心的地方

三十年后
我找到我栽下的那棵小树

它依然活着

全身缠满胡须

小时候我哭过的地方

不止一处

每一处都是青苔和蘑菇

在株洲

从一个有雪比的地方

飞入株洲

中年的奔波

有了短暂的停歇

湘江之滨，满目诗意

趁绿荫还没融化

与朋友们的合影

为时间留下

微笑过的证据

五月在减速

星辰的胃疼稍有缓解

十五个人结伴而行

从杜甫的足迹中找蚂蚁

有人说

那是活着的遗产

有人说

遗产是一种

永不停止的慢

随笔 站在我影子里的那个人

穷根儿一直是缠在娘心里难解的结。在日复一日的苦苦前行中，娘的坚忍、坚韧、坚信勒紧了我幼小的心灵。娘常说的"人穷志不穷"渐渐成为我人格形成的沃土和诗歌创作最丰富的营养。18岁那年，已经成为大男孩的我，在县报上发表第一首诗歌《农忙》。我兴奋加激动，捧着自己的"作品"跑到娘的身边，像小学时做算术题得了个"100"或写作文老师给批了个"甲"那样欢喜。娘不识字，也不懂诗，但她习惯了儿女们在她面前"报喜"。她把我搂在怀里，说："孩子，你一定要有志气，好好学习，以后千万别在家受穷啦。"

娘的话，像种在我心田里的种子，开始发芽。这个时期，我和文华、素兰、水清、旭良等青年诗友自发创办的春泥诗社，竟然引发《人民日报》等媒体的强烈关注，被誉为中国第一个农民诗社。那时候，我创作的灵感无处不在，几乎天天都在写诗，经常在大报小刊上发表。那是一个激情燃烧的年代，诗歌充盈着我的每一根神经，娘在苦日子里挣扎的影子在我的诗歌里以不同的姿势不断地显现。汗流浃背的娘、泪流满面的娘、含辛茹苦的娘、头破血流的娘、鼻青脸肿的娘、油头垢面的娘、破衣烂衫的娘……我觉得，娘吃尽了苦头，经历了人世间最大的磨难。娘对好日子的向往、娘对子女的寄托、娘的永不放弃，在我心里烙下了深深的印记。娘常对我说："孩子，娘不怕吃苦，只要你和妹妹弟弟长大了，娘就好了。"

岁月如歌，时光飞逝。转眼间，我和妹妹、弟弟都长大成人了，我们的下一代也依次茁壮成长起来。而娘明显老了，身体也出现了这毛病那问题的。好长时间,我也因工作繁忙一度搁笔不写诗了。但我对娘的依赖是与生俱来的,除了报喜,更多的时候还是报忧,一遇到不开心的事总要在娘跟前说说,并且觉得一些话只能跟娘说。"始于良心,止于良心,做一个好人,做一个让别人感到心热的好人",这是娘经常说给我听的话。娘勤勉、善良、清白的品格,沉淀成一笔千金难买的财富珍藏在晚辈们的内心深处。

2004年8月8日的天灰蒙蒙的,这注定是个不祥的日子,娘匆匆走完六十岁的人生,永远离开了我们。从此,我的生活暗无天日,没了方向。我的事业随之跌入低谷,不顺心的事儿特别多。

家曾是我的归宿和寄托,是我疲累或伤痛时的安宁的灯火和港湾,这都是因为有娘在。

"没有娘的日子/没有月光的夜晚/灰色的夜空有凉风吹过/远方的路一直延伸……"如今,我已年过半百,每当我累了乏了伤了或疼了而茫然四顾,总会见到她,那个站在我影子里的人,她就是我的娘,娘没有走,她是我唯一的财富、我全部的爱。现在,她已经在我诗歌里居住,是我的星辰、我所有的诗。

杨亚杰

1960年生,湖南慈利人。著有诗集《赶路人》《三只眼的歌》《折扇》《和一棵树说说话》。

代表作 赶路人

走着走着
你走在最前面
你的四周已经荒无人烟
胜利者的孤寂
孤寂者的骄傲　像两盏
明亮的灯挂在胸前

走着走着
你发现很多的人
在你的前面走得更远
落伍者的悲哀
悲哀者的自怜像两条
冰凉的蛇爬过心田

走着走着
你还是不停地走
歪歪斜斜的脚印叠成花环
收获者的失落
失落者的发现　像两个
顽皮的孩子追赶在你的身边

点亮一盏荷花灯 [新作]

瓷美人

泥巴的胚子
经命运的手抚摸
有着疼痛打磨出的圆润

握出来的腰身
纤细而易碎,注定了此生的美
结伴孤寂的空

我用手机拍你
却拍下了橱窗玻璃上
和你一样
幽幽泛光的
自己.

刀刃上走

刀刃上走
割破的必然是最柔软的部分
脚底在流血

只要你走
只要你脚底没有足够硬的老茧
你就会流血
越柔软的地方刀口越深

刀刃上走
必须除掉丝毫的怯懦和犹豫
怀着内心的火焰
紧紧盯着远方的黎明

感觉到了钓鱼

你不爱钓鱼
但你感觉到了钓鱼
你现在已经变成了鱼

那根伸过来的钓竿
原本是桥的模样
当初那么令人惊喜
蓦地伸到你的面前
桥的那头金光闪闪
是条宽广大道

你意外你庆幸你心怀感恩
迈步向前　眼看就要踏上桥板
可就在一瞬间　桥却变成了钓竿

脚下一条幽暗的河

钓竿上那个诱饵

提示着你的饥饿

你的肚子还真有了咕咕的叫声

而此刻,记忆深处

摇过来一堵光滑院墙

闪出似曾相识的怪影

哦,原来如此

原来如此!

你不爱钓鱼

你感觉到了钓鱼

你确认自己不是鱼而是人

面对若隐若现的钓竿和桥

你面带微笑　抱臂而立

夜晚,在诗墙边读友人诗

我把眼睛睁大

尽量凑近诗墙的灯光

才看清你的诗

我把声音放大

大到让沅水听见

才把诗句郑重地读出来

有人抢拍我
是想拍下我拜读你的诗时
谦卑的姿态——

你知道吗,在我们身后
那些从古到今的诗
一直被这灯光仔细地辨认着

那些当年的声音
一经沅水过滤
就显得格外清亮

看,在这诗的圣地
我们把自己放得越低
诗就越高啊

点亮一盏荷花灯

借神的手　点亮一盏荷花灯
希望被你看见
多年前你经过的那方池塘
已换过无数风光
我　仍是那朵素洁的莲

你是鹰　属于山那边的天空

群峰折叠　如美丽的裙摆

跟着你飞过的方向

旋转　而岁月深处的相遇

便是缘的起点

日月高悬　离你的翅膀

始终不远　也不近

那是我的注视温暖你

而又让你毫无觉察

没有任何承受的负担

就像我当年有意背过身去

一样　以我的决绝换取你的忧伤

当你毅然离开　我的守望

即刻化为茂密的叶

随你　绿到任何地方

是神的手　点亮这盏荷花灯吧

一定被你看见了　你的声音

穿过重重雾霭

抵达我攀上的山顶

拨响了等待已久的琴弦

知音如风　无色透明

哪怕是再细微的颤动

也会被感知的

更别说记忆里的电闪雷鸣

世界的琴台无边无际……

相遇却不说话

我们常常相遇

却不说话

在会议室　在街头

陌生人一样

顶多只有眼光的匆匆

一瞥　瞬间的对视

然后掉头而去

我们知道　无论是谁

在掉头而去的瞬间

都接过了对方不尽的光芒

并在余下的日子里

享用一生

请多打几个电话

我一直在等

你的电话

所有的人都劝我别写诗了

只有你还在鼓励

我以为快要完蛋了

我以为能战胜所有的好意

却很难战胜自己

经历了这个夏天我已弹尽粮绝

我想好了,即使

全世界没有一个人看我的诗

我也会写下去的

这与诗的好坏没多大关系

在醴陵陶瓷艺术城

仰望巨大的陶瓷器皿

我变成了童话里的小矮人

不,我更像是一个寻宝的小女孩

迷路在幽深的大森林……

近瞅袖珍的鼎式茶铛

我又变成了穿古装赶路的书生

一个人女扮男装哦,走累了歇歇

手持一卷书,读得有点晕……

从这里的博物馆出来

仿佛从远古柴窑的火里出来

练就一双火眼金睛,孙悟空一样

能辨妖、除魔,有一副金刚不坏之身

思诗独白

<small>随笔</small>

1. 如里尔克所说的那样,在更深夜静万籁俱寂的时候扪心自问:我非得写吗?回答是肯定的,那么,"按照这一迫切需要来做,从而建立你的生活"。

2. 朱光潜先生在《诗论》中谈到诗与谐的关系时说:"丝毫没有谐趣的人大概不易作诗,也不能欣赏诗。诗和谐都是生气的富裕,不能谐是枯燥贫竭的征候。枯燥贫竭的人和诗没有缘分。"我以为此言极是。我虽极力追求完美人格,妄想做出真正的诗,成为真正的诗人,却时常悲观而毫无生气,过得沉重、忧郁,诗兴起不来,恐怕正是少了这份谐趣的缘故,长此下去不仅离真正的诗人相去更远,就连做一个普普通通的俗人也不能胜任了。我告诉自己:当牢骚蠢蠢欲动的时候,和你的命运开开玩笑吧。

3. 重读彭燕郊的诗,那种新鲜感又一次激动着我。"上帝"创造他就是诗的。通常,展开就是稀释,恰恰相反,他是越展开越浓郁,他把浓郁优美到了极致。他不是用手写诗,而是用感官写诗,声音、色彩、气味、形状,全都浸泡在生命的大气里。在他的诗中有种东西莫名地把你浸透,这种东西是他独有的,是他的生命外化的语言,属于他自己的语言。

4. 一首好的诗应该是各种层次的人都爱读,都能从中受益。一般普通读者,可以从诗的第一层次,即诗的浅表层享受诗歌语感的愉悦;中等欣赏水平的读者则能进到第二层次,即诗的内在层,得到诗情的感染;思想深刻、感情深沉的高层次读者还能进到第三层次,即最深层,受到哲理的启示或开悟般的神示。一首成功的诗是三层次完美结合的,一个自成风格的诗人能使自己的诗在三个层次组合方式上有自己的独创性。

5.真正的好诗是不会令人厌倦的。她总是在哪里出现,就在哪里熠熠生辉。而这又取决于诗所赖以生存的语言:易懂而又饱含美和深意的语言,易于记忆又新人耳目的句式,还有富于"文化意味"的能唤起历史感和诗情的词句。

6.诗之为人们内心感受中说不清道不明的一种存在,还有一种说法:诗,是不同语言翻译不了的东西,一经别的语言翻译就漏掉了的东西,我想,那是特有的语言本身所具有的美。那么从宽泛意义上说,诗是灵魂位移后的最高的美,无论是在文学还是艺术中,抑或在文化中,在哲学甚至宗教中,只要是表现和传达自己的审美感受和审美理想的媒介中,诗,无所不在。

犹把金觥听旧曲
——第七届青春回眸诗会后记

隋 伦　王单单

南岳自兹近,湘流东逝深。山水灵动的株洲,古邑悠悠,群山巍巍。2016年5月26日,株洲市迎来了诗歌界的盛事——《诗刊》社第七届"青春回眸"诗会。来自全国各地的诗人们相聚一堂,犹把金觥听旧曲。他们分别是郁葱、伊沙、梁尔源、杨森君、老刀、潇潇、草人儿、吴少东、向以鲜、蒲小林、刘成爱、张中海、崔益稳、刘起伦、杨亚杰。

5月26日下午,诗人们纷纷抵达株洲。晚上,主办方在宾馆举行了简单的欢迎晚会,株洲市市长阳卫国主持晚会并致欢迎词。《诗刊》常务副主编商震发表了热情洋溢的讲话,并对株洲诗人的写作给予较高评价,对本届青春回眸诗会的集中展示表示了期待。晚会进行中,株洲市委书记毛腾飞忙完工作后匆匆赶到现场与诗人们见面,他说:"株洲是一个盛产诗人的地方,株洲从不缺少伟大诗人的足迹,《诗刊》社第七届'青春回眸'诗会选择株洲是对株洲文艺发展的肯定,株洲将借此机会,在诗歌创作上再接再厉。"晚会上,阳卫国深情朗诵了舒婷的《致橡树》,湖南省作协主席王跃文讲述了自己与诗歌的故事……这一个个精彩的场面,为本次"青春回眸"定格下令人难忘的瞬间。晚会之后,《诗刊》社紧接着召开了"当代诗歌美学建构"座谈会,座谈会由《诗刊》副主编李少君主持。在会上,诗人们争相发言,各抒己见,并结合自己的切身感受和写诗经验从多个角度为"当代诗歌美学建构"这一主题建言献策。

伊沙认为,改革开放的近四十年间,中国的诗人创造了世界诗歌史上前所未有的诗学奇迹:我们用近四十年时间走完了西方人四百年的诗歌美学之路,这种"走"不是用腿脚而是用头脑,不是简单的跟随、复制,而是结合中国本土现实和中国人美学趣味的融合、化解,甚至是创造,是鲁迅先生首倡的"拿来主义"的当代执行,从现代主义到后现代主义(我们甚至重走了浪漫主义),西方所有的诗歌美学都在中国当代的诗歌创作中得到了回应。

郁葱主张诗歌的先锋、经典、多元。他认为,诗歌、音乐、绘画艺术本身就是先锋艺术,一定要站在艺术的前沿。当然,每个人对"先锋"的理解不同,他理解的"先锋"是写作中张扬的个性、独立的表达,是内涵和冲撞力。

杨森君谈到,写作关键是在自悟,只要有坚持,写得多了,慢慢就有了自己的一套言说方式、审美趣味。诗歌理论固然重要,但是,它不能完全支配一个人的写作。一个人具备写作能力所需要的因素很多,也是说不清的。对于诗歌美学的建构,不能一概而论,除了通过阅读所养成的通常美学外,一个诗人所处的人文、自然环境,必会形成相对有异的诗歌美学。地域的不同,赋予人的视野不同,表现在诗歌里,当然会有不同的美学质地。所以,南方诗歌多纤细,西北多旷达,不是逻辑上的必然,几乎就是一种宿命。

向以鲜认为,从语言史或词汇史的角度来看,并不存在真正意义上的口语与书面语(文言)的严格区分——所有的书面语都来源于口语;反过来,几乎所有的口语,都有书面语的根源。口语诗可能是个伪命题,所以布罗茨基才极端地认为,口语化写作是荒谬的。在人类的早期,口语大于、多于书面语;越到后来,由于书面语的记忆、传承与叠加,书面语就越来越丰富和盛大。到了今天,书面语已远远大于、多于口语。在此种情境之下,谈论口语化写作,也有一定的合理性。现在,很多人一提到古典诗歌就敏感,似乎就成了反口语写作。其实,这完全是一种误读。把中国古典诗歌的写作定义为"文言"写作,也完全是对诗歌史的粗暴描述:从《诗经》到楚辞,从乐府到唐诗宋词,我们都能从中大量接触到当时的白话或口语。诗三百篇中,虽有风雅颂之别,但真正有价值的并不是雅颂,而是国风,这些采自各地的诗歌,是地地道道的民歌民谣,是地地道道的白话或口语诗!

蒲小林说,不论坚持什么样的审美取向和美学判断,真正的诗歌美学,只来源于洁净、纯真的灵魂,诗人的人格才是诗美的真正源头,一旦人格倾斜,灵魂扭曲、破损,构建诗歌美学势必成为空中楼阁,要构建真正有价值的诗歌美学,首先应该从找回或者重构纯净的诗歌生态和诗人的纯真心灵开始。老刀认为,诗言情,性情是根本,万物散之,以情为线。诗歌之美,有语言之美、音韵之美,但归根到底,主要还是性情之美、情感之美。杨亚杰从发生学的角度来看诗,她认为"自然"第一,也就是真诚,诗人一定要讲真话,诗情的萌动来自真情实感,诗是诗人灵魂的美在语言文字中的个性化显现,容不得半点虚假。梁尔源觉得,用汉语创作诗歌,具有其他语言所不能替代的天生的美学基因。它的象形特质、修辞特点、语言风格和民族遗传都给新诗的创作,赋予了天生的美学DNA。除此之外,紧扣论坛主题,其他诗人也争相表达了自己的想法和见解。

5月27日,诗人们拜谒了静躺在鹿原坡大山里的炎帝陵。这天下着小雨,整座城市被洗得干净明亮,诗人们到达炎帝陵的时候,雨仍未停,陵园的管理人员引导大家进入殿前广场,并举行了隆重的祭祀仪式。拜谒完毕,诗人们继续参观了醴陵陶瓷博物馆,感受浸润在悠久历史中的陶瓷文化,古陶遗香,新瓷莹润,这一个个形如大碗的结构,颇有气韵和流动性,让参观者叹为观止。28日,诗人们还参观了渌江书院、红军标语博物馆等,所受教育如沐春风。

天波易谢,寸暑难留,采风期间,诗人们文思涌动,均收获了或雄奇飘逸或婉约细腻的颇为丰厚的诗篇。

2017

青春回眸诗会

诗刊

陈先发

生于1967年,安徽桐城人。著有诗集《春天的死亡之书》《裂隙与巨眼》等。

代表作 前 世

要逃,就干脆逃到蝴蝶的体内去
不必再咬着牙,打翻父母的阴谋和药汁
不必等到血都吐尽了。
要为敌,就干脆与整个人类为敌。
他哗的一下脱掉了蘸墨的青袍
脱掉了一层皮
脱掉了内心朝飞暮倦的长亭短亭。
脱掉了云和水
这情节确实令人震悚:他如此轻易地
又脱掉了自己的骨头!
我无限眷恋的最后一幕是:他们纵身一跃
在枝头等了亿年的蝴蝶浑身一颤
暗叫道:来了!
这一夜明月低于屋檐
碧溪潮生两岸

只有一句尚未忘记
她忍住百感交集的泪水
把左翅朝下压了压,往前一伸
说:梁兄,请了
请了——

新作 榕冠寄意

蜘蛛的装置

看着蛛网上蜘蛛的干尸,
想到语言中的我们自己。
一种怜悯。
我在写作中压制着那种
把自身对象物的怜悯——
此刻,我将二者隔绝开了。
我是一个局外人。
我在清除占有欲。
蛛网的弹性,是否
依然能够传递在
所有语言运动中我们都未曾
丧失的那一点点神秘温暖?

远天无鹤

我总是被街头那些清凉的脸吸附。
每天的市井像
火球途经蚁穴,
有时会来一场雷雨
众人逃散——

总有那么几张清凉的
脸,从人群浮现出来。
这些脸,不是晴空无鹤的状态,
不是苏轼讲的死灰吹不起,
也远非寡言
这么简单。
有时在网络的黑暗空间
就那么一两句话
让我捕捉到它们。
仿佛从千百年中萃取的清凉
流转到了这些脸上。
我想——这如同饥荒之年。
即便是饿殍遍地的
饥荒之年,也总有
那么几粒种子在
远行人至死不渝的口袋里。

窗口的盐

多年前我从教室和旧监狱的
窗口观察过落日。
还有一次,我躺在病房
看见赭石色的落日正架在
窗前两根枯枝上。我想,
这首先是一种心理现象,
其次才涉及大自然——

我知道在盲者眼中,
落日甚至是成群的。
我的所见,仅源于我的挫败感。

当然,这过去许多年了。
今天傍晚我从妻子炒菜的
窗口又看见它,
刚刚被烤熟的样子。
是啊,落日。它将教会我们什么?
生活在继续。
妻子右臂抬起像是
给它的下沉加了一勺盐

叶落满坡

绝望的时候
我会找一面斜坡
睡去整个下午
最好的情况是叶落满坡
铺在最上层的
是我喜欢的栎树和
桦树的叶子
我不想治愈绝望
只想在身体
快被掏空时
闻一闻各种叶子

压在一起腐烂的气味

让身体触碰
那气味
夜间。
身体的无数只舌头。
这老而病的榆树的气味
这老而病的栗树的气味

鸟鸣的源头

在密闭的房子里倾听鸟鸣
不是鸟鸣从墙上一丝丝渗进来,而是
我们的器官尝试着一件件冲出去——
在敞开的柳林里,情形全然不同
满耳尽为鸟声嘈杂却总是
找不到鸟在哪儿
这是两种释义的实验
只在中年之后才能完成

有时候更复杂。鸟鸣让我
在林间空地上也会失踪

而裸立于浴室
脑后总有一种奇异的寂静
仿佛从不鸣叫的

猛禽之喙悬在那里

毫无疑问,鸟鸣是世界的起源。
在无数的梦中我听到它
悲伤、清晰,却
欲诉一事而不能。
只有柳树林静静旋转在我枕畔

这一类人

这类人一辈子只做
非常单一的事情
譬如,用胶片
去拍摄芦花。
别的他什么也做不了。
对他来说,世上所有丰收
都来得太迟了,
肥沃也毫无意义。
他的生活一定一团糟
他为什么不害怕呢?
想想看,人都有沉重的肉身
而他一辈子只拍
芦花
这么轻的东西

榕冠寄意

树冠下阴影巨大像
几十年逶迤而来

我默踞树下一隅。除我之外,
身边所有的空白都在说话

小时候我羞怯异常,内心却
充满不知何来的蛮勇

如今这两样,全失去了。
后来读点书,也写过几本书

我渴望我的文字能彻底
溶解掉我生活的形象

像海水漫过来。再无一物可失的
寂静让我说不出话来

我永踞一隅。等着时间慢慢
把树影从我脸上移走

把这束强光从背后移走
让我安心做个被完全虚构的人

大河澎湃

银白的鱼从河中
一跃而起
如果角度倾斜,我们看见河是直立的
这条鱼和它紧密的墙体
突然被撕裂了

有一次我在枯草中滚动
倒立的一刹我陡然看见
鱼在下
浑黄浩荡的大河从这个
晶莹又柔弱的
支点上
一跃而起
涌向终点
一个不可能的终点

直觉诗

诗须植根于人的错觉,
才能把上帝掩藏的东西取回。
不错!诗正是伟大的错觉
如果需要,
可以添加进一些字、词

然而诗并非添加,
诗是忘却。像老僧用脏水洗脸。
世上多少清风入隙、俯仰皆得的轻松!
但诗终是一场浩大的懒觉。须遭遇更多荒谬,
耐心找到
它的裂缝,
然后醒在这个裂缝里,去扩展它。
瞧瞧,这分悖谬多么蓬勃、苍郁!
我们被复杂的本能鞭打着走

瞧瞧,这份展开多美! 如脏水之
不曾有、老僧之不曾见

沙滩夜饮

盘中摆满了深海的软体动物
动物们被烤熟的
样子更为孤独
姑娘们从非枝叶,而是主干
她们浑身冒着泡沫
舶来啤酒的
泡沫
螃蟹转瞬即逝
仿佛她们全身洞穴所哺育的
也绝非这几个
天性脆弱的诗人

据说螃蟹荒凉的硬壳更易

引发幻觉

我渴望看到姑娘们拒绝但

她们几乎从不拒绝

她们很快融入了我们的粗俗并

把更醒目的粗俗拖往

夜色茫茫的海岸

随笔 困境与特例

1.当代新诗最珍贵的成就,是写作者开始猛烈地向人自身的困境索取资源——此困境如此深沉、神秘而布满内在冲突,是它造就了当代诗的丰富性和强劲的内生力,从而颠覆了古汉诗经典主要从大自然和人的感官秩序中捕获某种适应性来填补内心缺口、以达成自足的范式。是人对困境的追索与自觉,带来了本质的新生。

2.写作的要义之一,是训练出一套自我抑制机制,一种"知止"和"能止"的能力。事实上是"知一己之有限"基础上的边界营造。以抑制之坝,护送个人气息在自然状态下"行远",于此才有更深远空间。抑制,是维持着专注力的不涣散,是维持着即便微末如芥壳的空间内,你平静注视的目光不涣散,唯此才有写作。

3.诗歌的敏锐往往丧失于写作者远离了他首次插入诗这一形式时的笨拙、又自觉有驾轻就熟的操控力充塞于腕之时。好诗人从不放弃笨拙。笨拙之象时现时隐,让语言运动在熟以终结、生涩难为的生机与生态中。大诗人的笨拙往往巨大而显眼,像身怀亿万灵长的大海时而仅仅自足于、迷失于沙滩上一只幼蟹稚拙的爬动。

4.诗要解决的除了表达(或想象)的匮乏,更要解决表达(或想象)的冲动,如今这两者都在泛滥。那精准而优雅的控制力却晨星般罕见。精准,貌似语言经验问题,其实是思想力度问题,我们仍在思之失重、视之失察、语之失准的老病链中。

5.过度追逐戏剧性来取悦阅读,几可视为诗歌写作的耻辱。如何避免诗歌内部冲突被戏剧化,是好诗人时刻警觉的:这并非贬斥戏剧,但戏剧性确实为诗穆默的本性所不容,更遑论为了放大阅读效果而刻意营造戏剧性。唤醒阅读但从不畏惧阅读的丧失,是诗性对自身的基本约束。只有一种戏剧性例外,那就是诗歌的自嘲。

6.我喜欢那种悬于"边界状态""边缘状态"的写作,比如一首诗,你总觉是非诗的力量在诗的躯壳里:它要抹杀的正是某种区分的界线。你感到自己被冒犯了。这种刺激甚至会造成生理上的不适。所以它才成为边界。它可能缺少某种成熟气质,但,相信我,它是生命力最值得珍惜的状态:真正的美需要强烈的冒犯。

7.人的当代性与文学当代性很大部分来自:人的挫败感。这也是我们强化对自身认知的主要病理切片。大至颠覆性社会变革、极端艺术实践,小至个人性的歇斯底里,都直接或间接源自于它。经济全球化、网络对社会的猛烈再构、外太空探索的不见底,在人类生存丰富性大增的背面,是更深、更整体性挫败感的到来。

8.诗最核心的秘密乃是:将上帝已完成的,在语言中重新变为"未完成的",为我们新一轮的进入打开缺口。停止对所有已知状态的赞美。停止描述。伸手剥开。从桦树的单一中剥出:"被制成棺木的桦树,高于被制成提琴的桦树"的全新秩序。去爱未知。去爱枯竭。去展示仅剩的两件武器:我们的卑微和我们的滚烫。

胡 弦

生于1966年,江苏铜山人。著有诗集《寻墨记》《沙漏》等。

代表作 # 春风斩

河谷伸展。小学校的旗子
噼啪作响。
有座小寺,听说已走失在昨夜山中。

牛羊散落,树桩孤独,
石头里,住着一直无法返乡的人。
转经筒转动,西部多么安静。仿佛
能听见地球轴心的吱嘎声。
风越来越大,万物变轻,
这漫游的风,带着鹰隼、沙砾、碎花瓣、
歌谣的住址和前程。

风吹着高原小镇的心。
春来急,屠夫在洗手,群山惶恐,
湖泊拖着磨亮的斧子。

花 事

新作

某园，闻古乐

山脊如虎背。
——你的心曾是一阵细雨。

开满牡丹的祠堂，
曾是古庙、大杂院，现在
是个演奏古乐的园子。
——腐朽的木柱上，龙
正攀缘而上，尾巴在人间，头
探入木纹，试图
在另外的地方活下去。

有人谈起伟大的乐师：他们，
或死于口唇，或死于某个隐忍的低音……

月琴声发甜，木头有股克制的苦味。
——斗争从未停止。
歇场的间隙，
有人谈起伟大的乐师：他们，
或死于口唇，或死于某个隐忍的低音……

演奏重新开始了,
一声鼓响,如偈语在关门。

龙门石窟

顽石成佛,需刀砍斧斫。
而佛活在世间,刀斧也没打算放过他们。
伊水汤汤,洞窟幽深。慈眉
善目的佛要面对的,除了香火、膜拜,
还有咬牙切齿。
"一样的刀斧,一直分属于不同的种族……"
佛在佛界,人在隔岸,中间是倒影
和石头的碎裂声。那些
手持利刃者,在断手、缺腿、
无头的佛前下跪的人,
都曾是走投无路的人。

窗 外

1

老火车启动时,嗡嗡声
像由积聚在岁月里的回声构成。

它加速时,某种剩余
而无用的悲伤,将水杯晃动。

大地旋转,在创造一只掌控这旋转的看不见的手。
无数事物消逝:寒星、小镇、孤灯……
——乌亮的钢轨伸入远方,仿佛
从不曾有人世需要它牵挂。

2

地平线上,暮色如同逝去的年代。
我想起钟摆上的污渍、闪烁的光,想起
一支忘掉很久的老曲子。

旷野有粗糙、旋转的梦。鸟儿,
是被时间驯服的纪念品。
多年苦难,像母亲怀抱着婴孩瞌睡。山丘
额头坚硬,还不曾接受任何命运。

乡村屋顶,如锈蚀的簧片一闪而过……
列车隆隆奔驰。微弱之爱,
如高悬天顶的一颗小星。

裂　纹

它细长,并在继续加长……
——深入我们的完整。

一开始它就反对触摸,后来
又反对手指。

——就像所有悲剧都不需要理论,
凡是疼痛开始的地方,
战栗一定先于语言:是一声
低低的抽泣,
在认领我们身世的源头。

在它的反对中,有咬紧的牙关、
呻吟、难以捉摸的沉默。
当它假装要停下时,
我们重新寻找过生活的方向。
它不回头,但给了我们
穿越往昔和碎片的路径,
或带我们提前进入到未来,捕捉预感,
并就其深刻性做出判断。
现在,它停在我们体内,无痛感,
无愧疚,像一个
陷入思考的安静器官,捍卫着
看似乌有的内容。
因此,在我们熟知的仇恨和罪愆中,它最接近无辜。

湘妃祠

湘妃祠前,几个小女孩在玩游戏。
门开着,这美好的一天被神看见。

而银针、月牙,它们来自哪里,

以及被竹子用旧的泪痕?
大湖安静,像只养在门口的小动物。有人
正从壁画上走下来,
提着裙裾过门槛,要去风中
重新试一试春天的深浅。

入海口的岛

实际上,它可能由我全部的错误构成。
晚年渐近,时光渐慢,
它们从我生命里漏下来,堆积在一起。

实际上,它也可能由我对你全部的爱构成,
那是我一直拥有却从不知该如何
使用的爱。
曾经,我焦急、浑浊,愈是爱你愈不知所措……
现在,它卡在我余生的入口,
如鲠在喉,既不移动,也无言语。

花　事

江水像一个苦行者。
而梅树上,一根湿润的枝条,
钟情于你臂弯勾画的阴影。

灰色山峦是更早的时辰。

花朵醒来。石兽的脖子仿佛
变长了,
伸进春天,索要水。

西樵山的石头

——西樵山是座死火山,佛道儒文化并存,又曾为史前古石器制造场。

最早的生存:从石头里取火。
其后才是艺术。
所以,所有的艺术都饱含岩浆。
所以,朗诵是风的变种,
宗教,是种吸收冲动和震颤的装置。

又触手冰冷,在所谓
成熟的风格中保持生硬。
——石斧、书院、寺庙、道观……
一直都在生硬地面对这世界。

火焰曾编织天空。
思索,因过于漫长而充满灰烬。
事物们诞生又陨灭,只有
少数觉者能绝处逢生。

浮雕上的仙人,
用飘飘衣袂摆脱了沉重。

这看似不真实的族群,已经替我们
把对绝望的反抗完成。

走 神

我伫立在你名字的左侧,
正试图辨认香息和咒语。
脉络浮现:一条路
在你的姓氏里摇摆于现实和虚幻之问。

我出走。我的心比我走得更快。
它先于我抵达这个安静的下午。
———一只小兽,跨过
积雪和寒冷。
它要独自应付你名字右边,
藏着光亮、溶化、爱和泥泞的春天。

山 鬼

绿影连绵,朽木有奇香,
像在另外的星球上,
一座山熟悉又陌生。

据说,蝴蝶爱上蝴蝶,
要五分钟,棕榈爱上芭蕉,
要年月无数。

我爱上你,这是哪一个世纪?
阵雨刚过,椰子含水,天空
刚刚露出蓝色一角。

当我们相遇,我知道大海已来过了,
它爱过的页岩浪花一样打卷,
昏头昏脑的木瓜也结了婚。

如今,我正站在神话外眺望。
天黑了,草籽跳跃,小兽怀孕,
远远地,我知道那灯,
从心底里向你道一声晚安。

原 名

已很久无人叫我的原名,它躺在
户口本、档案袋里。
多年前当我开始写作,开始使用
另外的名字,以另一个人的名义
流浪,爱,羞愧,接受赞美和诘难,
没有意识到与自我的告别。
只在某些特殊的时刻,比如,
面对一张来自某机构的纸片,原名
才会再次出现:
它是怎样越过茫茫岁月,准确地
找到表格中这个被指定的位置?

其有效性,超过了任何抒情和言志。
而在连笔名也被报错的时候,
在这世上,我像个突然陷入尴尬的局外人。
我被呼唤:一次陌生的呼唤,
我说话,同时在从自己的声音中逃离。
而到内心深处,原名
无声而沉默,守着某些我不知道的东西,
陪伴我所有的错误活着。

海　滩

潮水奔腾。有人说,
大海的那边,是天涯……

我望不到那么远,
只看见潮水奔腾,朝岸上扑来
礁石在慢慢失去它的一生,
细沙闪烁却没有言辞。
我们散步。海滩早已完成:那从
纯粹的悲伤中派生出的
松软半曲。

我记起从高空俯瞰大海,
它不动,像一块固体。恒定的蓝,
是种已经老去的知觉。
——过于庞大的事物

都不会关心自己的边缘,也不知道
在那样的地方。
无数巨石正变成细沙。

随笔 # 林中漫步，或沙漏的含义

已经有一段时间了，我爱在郊区新居边的这片树林中漫步。

眼前的树林，记忆中的树林，在一些伟大的讲述中反复出现的树林。我发现，这样的树林中，没有绝对的平等，那些高龄的树木，总会在人们的仰望中获得某种名望。树木的位置感最强，它们被固定在那里，这个隐喻，足以使一座树林超出植物界的范畴。一片短寿的苔藓和一棵千年老树，对树林的认识，无疑会大相径庭。 在林中漫步，你总能发现，有些树会比另一些树更加不幸。在那里我重新想到了诗人和他的作品应该怎样存在于一个时代中？而认识一个时代，无疑要有更长的时间背景，否则，我们得到的现实，可能恰恰是非现实的。

在树林中，风并不能调解树木间的紧张关系，所以，生活有种严厉的幽默，类似写作者的孤独。树林看上去平淡无奇，但诗人已是一个亲密的知情者，并知道了什么样的写作是盲目和无效的。是的，即便你写下了整个树林，可能仍没有一棵树愿意真正出现在你的诗行中。诗，只能在精神领域深处寻求那异样的东西。当诗人直面其所处的时代和精神，挖掘并整理它们，他会意识到，这事儿必须自己做，而不是交给其他人来处理。

一片林子，似乎帮我打通了自然与人世的关系。有时我在室内看

电视,林中,风吹动树冠,像某个电视剧情。在播放新闻的声音中,墙壁,也像在调整自己和时代的关系。金星的面庞曾在水面浮现,栀子花的香气带来了雨。我在电脑上敲打诗句,能体会到句子异样的温度。所有句子,都是因为词的特殊处理而崩溃,因为其中有太多的冲动和秘密。沟渠边,患病般的老树,一定知道被反复折磨的事物,但这种病态,恰恰像一种美育。我走在林中小径上,有时大声吟诵某个古人的诗句,会有种奇怪的感觉,仿佛读完一首律诗或绝句,总是一分钟太长而一千年又太短。订正我的诗集《沙漏》的时候,有时出来散步,在散步中又突然想起某个需要改动的地方,仿佛能体会到一首诗或一个句子的急迫,或等待与耐心。

树林是什么呢?所有树林都是相似的,那么,是否存在着一种永恒不变的诗观呢?而沙漏,每时每刻的变化,又在为一种永恒服务。我们渴望留存的,也许是首先要被漏掉的吧。它像细沙一样通过时间的窄门,漏到了另一个地方,仿佛那里是时间之外的某个地方,它停在那里,等候重返时间,等候重新对生活进行更有价值的介入。

树林,沙漏,永恒与瞬间,这其中的变幻,也许构成了诗歌写作得以存在的某种理由或依据。

张执浩

1965年秋生于湖北荆门，现为湖北省作协副主席，武汉市文联专业作家。著有诗集《苦于赞美》《宽阔》《高原上的野花》等多部，曾获第12届华语文学传媒大奖年度诗人奖、第7届鲁迅文学奖诗歌奖等。

代表作 高原上的野花

我愿意为任何人生养如此众多的小美女
我愿意将我的祖国搬迁到
这里,在这里,我愿意
做一个永不愤世嫉俗的人
像那条来历不明的小溪
我愿意终日涕泪横流,以此表达
我真的愿意
做一个披头散发的老父亲

新作 春日垂钓

写诗是……

写诗是干一件你从来没有干过的活
工具是现成的,你以前都见过
写诗是小儿初见棺木,他不知道
这么笨拙的木头有什么用
女孩子们在大榕树下荡秋千
女人们把毛线缠绕在两膝之间
写诗是你一个人爬上跷跷板
那一端坐着一个看不见的大家伙
写诗是囚犯放风的时间到了
天地一窟窿,烈日当头照
写诗是五岁那年我随我哥哥去抓乌龟
他用一根铁钩从泥洞里掏出了一团蛇
我至今还记得我的尖叫声
写诗是记忆里的尖叫和回忆时的心跳

你把淘米水倒哪儿去了

我在厨房里忙碌的时候
我的岳母也在我身边忙碌着
我丢什么,她就捡什么

我在砧板上切彩椒和姜丝

她在盥洗池边擦洗杯盘

越洗杯盘越多

抹布也越来越多

我希望她出去晒太阳

我的岳父正在阳台上 给几盆兰草、芦荟浇水

春天来了,灰背鸟绕着屋檐飞

杜鹃花边开边落

我希望在我开始炒菜的时候

厨房里只有我一个人

而当我关掉炉火的时候

餐桌旁已经各就各位

油锅已经嗞嗞作响了

水龙头仍然在滴水

我的岳母还在那里嘀咕:

"你把淘米水倒哪儿去了?"

一个老掉牙的故事

昨天晚上我掉了一颗恒牙

夜里我长久盯着它

用舌尖在口腔里来回搜索它

应该是一颗磨牙吧

在靠近智齿的地方

它的模样近乎于袖珍的陨石

它让我想起很多往事

其中一件历历在目:那是儿时的

一个早上,我迎着朝阳

将最后掉落的一颗乳牙朝屋顶上扔

父亲站在我的身后

不断催促我:"使劲!"

母亲拎着潲水桶穿过天井

我听见扔出去的牙齿

在瓦楞上发出清脆的滚动声——

这真是一个老掉牙的故事了

昨天晚上我想起它的时候

一定有陨石正在天边陨落

一定有另外一个我正身陷牙床

像一个绝望的拔河者

已经在脚底下蹬出了一座深坑

听胎音的人

一个男人清晨把耳朵贴在妻子的

肚皮上听胎音,他说

他听到了花开的声音

妻子问:那是什么样的声音?

男人答不上来,他去了户外

夜晚回到家里,妻子为他掸落

身上的雪花,他转身又抱紧

她的肚皮把耳朵贴了上去

他还是说他听见了花开的声音

妻子又问他那是什么声音
男人笑而不答，顺手拿起笔
在一张干净的白纸上笨拙地画着
这个从来没有画过画的男人
在妻子的注视下画出了
一幅让她热泪盈眶的画
很多年过去了，他们的女儿
腆着肚皮站在这幅画框下
另外一个男人侧耳倾听着
他知道那是花开的声音
但他不会说，她也不会问

熬猪油的男人

年猪杀过之后剥下来的板油
我是见过的，但我没有摸过
我见过屠夫的刀在骨肉分离时
所体现出来的麻利和从容
但我从来没有碰过那把刀
那把刀在杀猪之前含在屠夫嘴里
杀完猪后就沉浸在了血盆中
熬猪油的男人用的是另外一把刀
他将板油切成均匀的块状
倒进已经烧得滚烫的铁锅里
他一边用铁铲来回翻炒着
一边将葫芦瓢里的水轻轻点在锅中

一大锅白花花的板油很快就化了
焦黄的油渣浮在亮晶晶的猪油上
我见过一家人围在灶台边的景象
这是腊月里最幸福的一天
每个人都端着一只小碗
津津有味地咀嚼着
炊烟飘过满是稻茬的田间
给寂静的竹林披上了纱巾
熬猪油的男人用袖口擦嘴
用小拇指剔着牙缝

春日垂钓

这片水域和那片水域没有什么不同
当我以为我还是我
一条鱼已经开始咬钩
仍然有慌乱和激动
但再也没有非分之想,没有了
我熟知水下的生活一如熟知
眼前的世界:浮漂在摇晃
踏青的人争抢着与水牛合影
空气中飘浮着鲜花与落叶的味道
我一动不动地望着同一个地方
我凝神定气地想着垂在水底的鱼钩
我甚至看穿了我的心思——
他不是在垂钓,而是在回味

当年的那个动作——
我想起来了：那年春天
我曾经一个人守着四根鱼竿
在它们之间气喘吁吁地来回奔跑

疾病忍受者

"你允许自己多久没有诗？"
一个写诗的人问另外一个
我在一旁忍受着这种问题
已经很多天了，当我孤零零地
坐在这里，一副气定神闲的样子
或者假装去生活
在人群或草木中来回走动
没有诗来找你就像活着没有爱情
我在一旁忍受着我的空虚
一个写诗的人生病了
他会在半夜爬起来冒充自己的医生
——"谁来治治我的心慌？"
已经很多天了，我在忍受
这种听不见心跳的生活
而那跳动声曾让我害怕过
让我以为自己已经接近了生活

补丁颂

我有一条穿过的裤子

堆放在记忆的抽屉里

上面落满了各种形状的补丁

那也是我长兄穿过的裤子

属于我的圆形叠加在他的方形上

但仍然有漏洞，仍然有风

从那里吹到了这里

我有一根针还有一根线

我有一块布片，来自于另外

一条裤子，一条无形的裤子

它的颜色可以随心所欲

母亲把顶针套在指头上时

我已经为她穿好了针线

我曾是她殷勤的小儿子

不像现在，只能愧疚地坐在远处

怅望着清明这块补丁

椭圆形的天空上贴着菱形的云

长方形的大地上有你见过的斑斓和褴褛

我把顶针取下来，与戒指放在一起

贫穷和幸福留下的箍痕

看上去多么相似

乌鸦岛

我曾在一座小岛上孤零零地生活过

我曾经想体验孤独到底的味道

白昼安静,夜晚安静得可怕

只有清晨的桨橹声带来慰藉

而黄昏时分,密密麻麻的乌鸦

从夕光里飞来,落满了树杈

我怀疑全世界的乌鸦都云集到了这里

我怀疑这世上只剩下了我一个人

有天后半夜突然下起了暴雨

我撩开窗帘一角,清晰地看见过

白天面色安详的双面观音

在闪电中轻轻抽动着唇角

敲　击

一个人拿着一把铁锤

沿着铁轨

边走边敲击

清脆的声音在空旷的夜色中

传递:一声"咣当"刚刚消逝

另外一声"咣当"马上跟了过来

而另外一个人在晨雾中

将渔网撒在了河道上

划着船儿

一遍遍敲击船舷——

我曾为这两种声音而痴迷

在铁轨与河道之间来回走

在夜色和晨雾之中

侧耳倾听

像声音的接收器感知着

远方和身边的混沌

我现在仍然保持着敲击的惯性

指头在键盘上走走停停

当我停下来的时候

似乎看见了浓雾中的火车头

当我噼里啪啦地往前走时

一条鱼粘在了鱼网上

它挣扎着

在网眼中看见了巨型鱼篓

陵水的杧果

吃了还要带走的是陵水的杧果

两年前吃过了,两年后

仍然念念不忘的是陵水的杧果

"陵水的杧果,杧果……"

当我这样津津乐道时

两年前的那个下午就浮现在了眼前
仿佛我从来没有离开过
大海在椰林背后涌动
我一直站在椰林这边的杧果树下
举着头在天空中寻找
那些永恒的事物——那些反复
轮回着被上苍赐予给我们的
明媚与甘甜——离苦涩的大海这么近
这么近,如同猴群挨着人类

随笔　我宁愿做个示弱的人

　　我越来越倾向于使用那些与生活平起平坐的词语来传导我的情感，这些词语因为时常与生活相龃龉、摩擦而产生了适度的热量，可以让我笔下的文字具有正常的人性体温，可以见证我曾经这样活过，曾经来过这里。这些明白、通晓甚至庸常的词汇，经由我身心的反复擦拭，被赋予了别样的光泽，看似简单随意，其实匠心独具。

　　"诗歌来自诗人心情平静时对于往昔情感的追思"，这是当年华兹华斯给出的定义，我希望通过自己的写作对此做出回应。是的，在平静中追思，在回望中获得前瞻的力量，让业已变淡的情感一遍遍死灰复燃，成为我正在经受的生活的一部分，做到这点固然艰难，但总值得一试。

　　当一个人写着写着就进到了天命之年时，他应该明白，顺应命运或许是获取智慧的另外一种途径。我一直在强调，真正好的诗歌并不是刻意"写"出来的，虽然为了迎迓她的出现，你必须不断地"写"，甚至必须把"写"这个动作本身当成是你在这个世界上唯一能够从事的正经事。真正的诗应该尽力撇清她与"写"之间的关系，以一种主动现身的方式来澄清我们周遭生活的杂芜和紊乱，达到近似于情景再现的效果，但又不止于情景再现，因为她每一次弥足珍贵的现身，都将修正我们既有的生活观念。

　　而作为一个写作者，一个终日竖着耳朵聆听"上帝的提示音"的诗人，如何在噪音纷呈、"连楼房都在尖叫"的时代，确保自己依然拥有正常的听力，并不是一桩容易的事。更多的人生活在幻听幻象中而浑然不觉,更多的诗歌也已经背离了声音的初衷,加入到了争强斗狠之列。在这样的背景之下,一个诗人究竟该怎样开口说话?我曾在一篇短文里表达过我的想法,大意是:时代越是喧嚣,诗人越是应该轻言细语。当然,这只是一个姿态的问题,而核心问题在于,我们怎样才能保证自己的轻言细语同样充满对人世的洞见。在我看来,保持与时代的疏离感和保持与生活的亲近感,两者之间并不矛盾,真实的矛盾在于,你一方面想走到时代的前列去,另一方面又想躲在生活的背后。这种首鼠两端的尴尬撕裂了我们的写作,使我们作品发出的声音既怪异又惊悚。色厉内荏已成为我们这个时代写作的通病,而克服这种通病的最好方法,就是让我们的肉身回到真实的生活现场,去无所保留地感受日常生活粗粝的磨损,以此重建我们与生活之间的友谊:不再是对生命意义粗暴的否定,也不再是对生活勉为其难的肯定,而是从这种友谊中获得人之为人的良善和本心。

阿 信

生于1964年,甘肃临洮人。长期在甘南生活、工作。参加诗刊社第14届青春诗会。著有诗集《阿信的诗》《草地诗篇》《致友人书》《那些年,在桑多河边》《惊喜记》等。曾获徐志摩诗歌奖、西部文学奖、昌耀诗歌奖、《诗刊》2018年度陈子昂诗歌奖等奖项。

代表作 在尘世

在赶往医院的街口,遇见红灯——
车辆缓缓驶过,两边长到望不见头。
我扯住方寸已乱的妻子,说:
不急。初冬的空气中,
几枚黄金般的银杏叶,从枝头
飘坠地面,落在脚边。我拥着妻子
颤抖的肩,看车流无声、缓缓地经过。
我一遍遍对妻子,也对自己
说:不急。不急。
我们不急。
我们身在尘世,像两粒相互依靠的尘埃,
静静等着和忍着。

新作 达宗湖

雪 夜

荒郊。车子抛锚。
踩着雪,呵着热气。
多么安静啊——
突然就回到了童年
那繁星密布的天空。

梦

故园的蝴蝶不认识我。
三十年,我在藏地生活,很少回来。
身上多了一种异样的气味——

一个
蝴蝶眼中,时刻保持警觉和敌意的非我?

一具雕花马鞍

黎明在铜饰的乌巴拉花瓣上凝结露水。
河水暗涨。酒精烧坏的大脑被一缕
冰凉晨风洞穿。

……雕花宛然。凹型鞍槽,光滑细腻——
那上面,曾蒙着一层薄薄的霜雪。
錾花技艺几已失传。
敲铜的手
化作蓝烟。
骑手和骏马,下落不明。
草原的黎明之境:一具雕花马鞍。
一半浸入河水和泥沙;一半
辨认着我。
辨认着我,在古老的析支河边。

秋　意

虎的文身被深度模仿。
虎的缓慢步幅,正在丈量高原黑色国土。
虎不经意的一瞥,让深林洞穴中藏匿的
一堆白色骨殖遭遇电击。
行经之处,野菊、青冈、桤木、
红桦、三角枫……被依次点燃。
当它涉过碧溪,
柔软的腰腹,触及
微凉的水皮。
我暗感心惊,在山下
一座寺院打坐——
克制自己,止息万虑,放弃雄心
随时准备接受

那隐隐迫近的风霜。

弃　婴

偷尝禁果的女子,慌不择路。
暗结珠胎的女子,神情恍惚。
脸色灰青的弃婴者,一念之差招致的暴雪
正在席卷买吾草原。
我是谁?
我何以洞悉并将这一切录入密档,再
深深埋入地下?
逃离时,她是受惊的豹。
返回时,她是疯癫的母兽,踉跄、奔行……
大雪掩埋草原所有的路径——
允许我,
护持这个有罪的人儿
重回当初的崖下,凹陷的石穴。
那儿:一只古老的神雕
正用巨大、褐色的羽翅
庇护着
这个著名的弃婴。
一双贝壳似的小脚丫印,至今仍嵌在
山崖赭红的岩石上。
佛传至七世。时间
过去三百余载。
我,一名老僧,充任书记,寂寂无名。

在草原露宿一夜，我并未感觉到所谓的孤独

白牦牛涉过雪山下
暗黑的河。

苏鲁花的茎叶一遍遍
擦拭过的黄铜茶炊。

叫起来！把肺部积蓄的空气全部排尽。
帐篷边上，铜一样叫起来，雕塑我们的耳朵！

大雾尽头
那条黄金牧犬，会回答你。亲爱的多多！

秋　日

水还干净。
僧人刚洗过脸。

僧人坐在岸边数数玩——
一尾两尾鱼，
三粒五粒沙。

僧人背后，
秋叶绚烂，枇杷沿坡滚动。

达宗湖

没有人知道

达宗湖

没有人牵着马

在群山之中

走三天三夜

夜幕降临,达宗湖

几乎是透明的

三面雪山

整整一座天空的星星

全倒在湖里

它,盈而不溢

湖边草地

帐篷虚置,空气稀薄,花香袭人

就这样抱膝长坐

就这样不眠不宿

就这样

泪流满面,发着呆,直至

天明。牵马

悄悄离开

夏季旅行指南

果实从内部腐烂。布鞋显然

比皮鞋舒服。出行需备雨具和遮阳用品。

山洪暴发切记往高处逃生。
带一本书,不一定要打开它。
支起帐篷,是想和一个人
整夜坐在它的外面。
看见黑暗中的红桦林,就意味着
看见了它背后的冰川,和头顶
一束束流星拖曳而过的巨大夜空。

在大海边

日落之前,
我一直坐在礁石之上。
墨绿的海水一波波涌起,扑向沙滩、岸礁,
一刻也不曾停息。
椰风和潮汐的声音,栖满双耳。
我想起雪落高原风过
松林马匹奔向
荒凉山冈……我闭上了眼睛。
那曾经历的生,不乏奇迹,但远未至
壮阔;必将到来的,充满神秘
却也不会令我产生恐惧、惊怖。
日落之际的大海,
突然之间,变得瑰丽无匹。
随后到来的暮色,又会深深地
掩埋好这一切。
我于此际起身,离开。我的内心

有一种难得的宁静。

信

在海南陵水的这几日,我没有
想起你。你和你妹妹在一起,
在兴隆山滑雪营地。

一下午,我在植物园
认识了可可、无花果、见血封喉……
那只叶片一样紧贴树干的昆虫:龙眼鸡。

又一个下午,和臧棣、西娃
登上南湾猴岛。看见猴子在水里游泳,
西娃忍不住惊叫:"哎呀"!

吃着海鲜。喝了
不多点酒。
海风真好。

我们熟悉的番茄、黄瓜、尖椒和空心菜,
在陵水设施农业基地的大棚里,以一种
不可思议的速度在生长。

我没有想起你。没顾上细察
贝壳、螺蛳和停靠在海湾里的船。

日子犹如鞋袜,塞满细沙,又近乎虚度。

第三日,分界洲岛。遇雨。
半山亭中,与元胜、潘维各自吃完一只椰子。
晚上睡眠充分,几乎没有做梦。

当我在满屋月光和椰树婆娑的影子中醒来,
我突然意识到,我比任何时候
都需要你。

梨　树

再落几场雪,
山坡上
那些梨树
就该白了。

梨树下面,
也会有
绿的意思
浅浅冒出来。

届时,将不会再有
任何理由
可以役使我,
使我形劳而不得自由。

梨树在晨曦中
宁静呼吸。
雨水的清芬中,我
摘取你的眼睛。

狻猊帖

无眠。无一字可写。抽很多烟。
辗转反侧,长夜不得伸展。

——这种情形已有多日。入冬以来,
似乎鲜有安宁的睡眠。

是什么让它烦躁如此,默诵百遍清心密咒
尚不能令其片刻宁静——

这孽畜,这荆莽丛中伺机而动的潜伏者,
这来自西域伏象食虎的大猫?

内宇宙的爆炸,
比三个嗜血部族的叛乱还令人心惊!

酒浇不灭。
铁棒僧,无法使其慑服。

南湾猴岛

那么多人渡海而来
又渡海而去
只为了看
猴与自然和谐相处

随笔 关于鹰

鹰和鸽子

鹰,肉体凡胎。在这一点上,它与一只普通的鸽子没有什么区别。并不因为诗人称其为"灵魂部落的酋长"而骨头变轻。但它确实与我们所见的凡俗之鸟有所不同,不经常出现在我们的视野之内。比如鸽子。尽管鸽子拥有一半的天使的脸庞,但鸽子更多地与阳台、庭院、草坪和广场有关,与人群和日常有关。但鹰不同。鹰从不光顾阳台和我们头顶的树枝,往往需要望得腰酸背痛脖颈发硬,才能从高空找到一滴它模糊的影子,而每次出现,总带着几分诡异和神秘,半佛半仙的神气,有种把心带远的茫阔。它离诸神近,离人群远。这黑袍祭司,孤独艺术家,佩戴闪电和雷霆的大侠。尽管它呼吸着与我们大致相同的空气,但草地上的牧人都愿意相信,鹰呼吸过的空气,充盈着神性之风的吹拂。

鹰和龙

在东方文化情结中,鹰和龙的形象是最具代表性的。龙本无物,是高度想象力的结果,是最大胆也是最荒诞的动物肢体的胡乱拼合。中国古人创造了至今看来仍旧是杰出的现代派艺术作品。龙的形象栩栩如生,以至于让我们很难怀疑这怪物的真实存在。而鹰则是有血有肉的实在之物,但因它的缥缈和骛远,反让人产生虚幻和神秘的感觉。鹰和龙的关系,恰好体现了东方文化由虚而实、由实而虚、虚中有实、实中有虚的义理。我曾在一首诗中写过这样的句子：

东方，两大神秘意象：

龙，虚无的存在；鹰，存在的虚无。

鹰和佛

作为凶猛、贪婪和恶的化身，鹰在佛本生故事中占有极其重要的位置。这与西方文化中上帝和魔鬼的关系有些近似。

佛性善，主慈悲。鹰猛恶，性贪婪。善恶之分，尽在一呼一吸之间；鹰与佛的区别，似乎就在一晦一明之中。从这个意义上说，距佛祖最近的，不是摩诃迦叶，也不是佛祖袖间那只温顺、可怜的鸽子，而是敦煌洞窟里那只呼之欲出的鹰。

鹰，一个汉字

鹰：一个真正的汉字。一个迎风独立的汉字。一个不需要任何修饰的汉字。

雄鹰：一个苍白的词。一种蹩脚的修辞。雄性的鹰？雄健的鹰？同样荒唐。

秃鹫：鹰的一种。让人想起一座不毛的山冈，和大风中蹲伏的那头扁毛畜生。

关于鹰的神秘感

鹰是一部被掐去了首尾的黑白影片。

我们既不了解它的来路，也不知道它的去向。不明其生，亦不解其死。只能感知它在时空中无尽地延续……

所有的神秘感由是而生。

所有关于鹰的想象，也由是而生。

黄　梵

生于1963年，湖北黄冈人。著有诗集《南京哀歌》《中国走徒》等。

代表作 中 年

青春是被仇恨啃过的,布满牙印的骨头
是向荒唐退去的,一团热烈的蒸汽
现在,我的面容多么和善
走过的城市,也可以在心里统统夷平了

从遥远的海港,到近处的钟山
日子都是一样陈旧
我拥抱的幸福,也陈旧得像一位烈妇
我一直被她揪着走……

更多青春的种子也变得多余了
即便有一条大河在我的身体里
它也一声不响。年轻时喜欢说月亮是一把镰刀
但现在,它是好脾气的宝石
面对任何人的询问,它只闪闪发光……

新作 大 海

虎

它就是酷夏,一靠近它
你的汗,就开始荡洗衣服
你的勇气,随靠近它的距离
一寸一寸缩短

饲养员把它锁在铁笼里
但威胁,照样穿过铁笼扑向你
你活得五光十色,却逃不出它目光的鞭挞——
你不过活在衣服的节日里,金钱的荒凉中

它在笼中的高视阔步,永远令你回味
你纵有千里江山可以行走
脚下却只剩一条路
你甚至不敢,邀它一起挥霍

在它咄咄的逼视下,你仿佛正成为被告

骑　马

去年夏天,我去那拉提骑马
马把头垂下,我在慌张中成了它的主人
要费多大的劲,我才能靠近它那颗奔驰的心?
我夹紧马肚,像一朵乌云,抱着一团风
草原上,哪里有城里人说的那种路?
遍地肥草对马蹄的爱,远甚车轮
甚至期待马蹄再熨一遍它们的夏衣
我被马背,颠成了世上最轻的一个名字

我看不懂蹄印编织的图案
但猜测,那蹄声也有着民歌的疼痛
也许马知道,前方还有一个我该去的地方
但善意的哈萨克族少年让我相信,起点就是终点

广场舞

没有人认识我。在六月的广场
她们依旧用舞姿开着春花
还像遇到了虫害,竭力向四周
播洒高音的杀虫剂

我第一次,有了石像的耐心
任由蚊子在我身上,摸索黑夜的开关
也许我投向她们的,还是石像的冷眼

但我心里的步伐,已与她们完全一致

不少人希望她们停下,停下
踏上各自回家的路
打开电视,让播音员替她们说话
但她们,原地踏步
走着另一条我未曾看见的路——

原来,她们的喧嚣是鸟巢
吸引孤寂的人归巢
她们的舞姿也是花衣裳
帮她们遮掩岁月的残酷和沧桑

原来,我把目光的刀,天天刺向她们
她们却嘶鸣成曲,扭动成舞

大　海

大海是勤奋的运动员
也有着阳生的脾气
它穿上浪的白袜时
海上竟没有一丝脚气

鱼是大海播下的种子
它们像铆钉
把大海的恩情一直引到海底——

它们很享受这张哗哗摇晃的摇床

人学着像种子,把自己撒入大海
却像刀子,把珊瑚扎出了血
人的幸福,竟是伸入海中的脏舌头
一遍一遍去舔
大海清澈的心

刀

人只懂它的一种舞姿——
它面色苍白,朝你直扑而来
想在你身上开一朵红牡丹

更多时候,它是失败的舞者
找不到有耐心的观众

有时,它想让我记住它
只用口气一样轻的舞姿
在我腿上绽开一小朵梅花

它披着夜的黑斗篷
常在天地间迷路
像一个害怕单身的人
到处和伤口相亲

有时,它也用苗条的身段

跟我调情,仿佛问:

你还需要伤口么?

书 房

我可以没有别的,但必须有一间书房

我在里面可以做梦,或者失眠

可以在黄昏,瞥见黑夜如何把白天缴械?

窗外刀风再猛烈,也搅乱不了我的呼吸

我必须一个人待着

这古老的孤寂,多么令人安慰啊

令我看出,白墙的所有裂缝

都是一个白头翁的皱纹——

我竭力向他打探,这乐谱吟唱的弦外之音

我常盯着地面,它早已把尘埃当作朋友

把我的脚当作下棋的棋手

我对它布置的残局,常感到恼火——

它总能算出,我与世界的和解还差几步?

只要书架上的书,还在坚持是非

我在书房就有做不完的事

老　井

奶奶说：井中也有潮汐
井水常常也紧皱眉头
我与它已隔了四十年
现在井口上方的星星，一颗也不剩

一个开始老去的人
注定要消磨童年的星空
消磨星空下亲人的死讯
消磨与青巷有关的故事

我早已是在井前徘徊的陌生人
忍不住被青苔诱惑
我需要的，只是井的喉管
吼出奶奶的声声斥责

就算被高楼踩塌了肩
老井也不会哭了
就算成了地下嘀嘀嗒嗒的听诊器
老井也懒得欢呼：人类已经没有后援

玫瑰为我脸红

每支玫瑰都有一对红脸颊
在为我脸红
我只顾戴好口罩，走进重霾的冬日

只顾活着,等着世间的不幸自己消瘦

看见污水的斑斓色泽,却说那是蝴蝶复活

玫瑰,水一样漫进梦中

在为我脸红

我踏上的路,通向衣锦荣华

我只是看着卖艺的老翁,一贫如洗

只是和那么多的人,从他的哀伤里路过

那么多的劫难,和我挤在同一个时代

我却只想躲得远远的

是啊,我再也成不了谁的依靠了

只有玫瑰谴责我

在为我脸红

生者如斯

看不见的尘埃,早已装满我的房间

装满仰头看天的花盆

我不知,窗外

鸟儿唱歌的喜悦来自哪里?

我喝着红茶,这春寒中的一丝温暖

像被窗帘放进的一束阳光

像从渔网中逃走的一尾小鱼

我不知,这一直降着的尘埃

是否也懂春寒?

中国人骑马逍遥的日子,已那么远
我不知,后人坐在地球上
是否听得见风中布满我们的哀声?
那时,我们也已是尘埃
竭力装满后人狂饮的空酒杯

观分界洲岛海洋馆出生的海豚母子

它俩没有海洋的记忆
祖辈的海洋大志
已被水下围网,截短成池中的迎合
我勾着脖子,竭力把目光的爱
投入池中,让它俩服下去
为远道而来的人,再储一池好心情

也许它俩更愿意,没有亲戚的消息
在垂了一池的目光中
安然唱歌,把我的身影
当作它俩消遣的皮影
把我脸上的愁容,当作一把黄雨伞
把我的人生,当作它俩行医治疗的伤口

比起海豚,我喧闹的尺码
已一年比一年小

[随笔] 谈诗断章

一

通过掌握深不可测的智慧,魔法般的技巧,微尘似的语言敏感,玄学和修饰变化的奥妙,新诗获得了它的历史,如果不只为了满足虚荣,不难发现,迂回的、修饰的、隐晦的花样,已经过多挤占了心灵,从而构成一个新诗的"六朝期"。相反的,对修饰兴趣的阻挠,原本可能爆发意境的新发现,但实际看到的却是轻靡和粗俗。上述两种倾向实际构成了这个新诗"六朝期"典型的陈规俗套。

我相信,直接的、意境的、巧妙的、形象的、简朴或清丽的、严肃的表达,比迂回的、修饰的、隐晦的、玄学议论的、绚丽的、轻佻的表达,日后会获得更强的说服力。在去掉修饰的龙蛇虬曲后,一种简单而深刻的崇高风格,既合乎我们民族固有的本性,也合乎民族对趣味选择的规律,不被一时的理论所迷惑。师法古人不是为了新的教条,而是寻求天籁般的声音。

二

是中年帮我找到了自省的勇气,年轻时所有的辩护企图,在它面前已经显得虚弱。

中年让我意识到人生的神秘,而诗歌的全部秩序说到底,也应该承担起探索这些神秘的责任。学究的、无知的或庸俗的智型,由于与我的脾性不合,我都是要放弃的。一切深刻的事物,在为它们找到触尝视听的经验和感觉后，我才会感到心安。就广大的过去、风景、人际而言，中年给了我一个重新发现的时机。

语言如果不是出自诗人内心的需要，它仅仅是修辞而已。二十世纪的那场修辞革命，应该休息了，让位给世界和内心的滋养。

三

在新诗中，对存在的敏感和对短促节奏的敏感，两者的来源完全不同。旧体诗中的曲，自然是新诗短促节奏的源头。但新诗对存在的逼近，却有一个西学东进的背景。这样说并不是我看不清中国古人对存在的敏感。恰恰是通过对西学的跟进，当代许多中国诗人掌握了这种偏见。所以，当看见有人在节奏和对存在的敏感两方面，企图借鉴中国曲的传统时，我自然为有人发现这个窖藏而高兴。当然，许多诗人在他的诗歌构成中，是怀着对曲的短促节奏和西学存在的相同爱慕。而且，西学存在在他的意识里是睡着的，就是说他对存在采取的态度，来自拥有这种西学意识的诗人的影响。大概这是许多诗人没有看到的难点。所以，在一些诗人的方式里含有避开这个难点的聪明。

桑 克

生于1967年,黑龙江密山人。著有诗集《桑克诗选》《冷门》等。

海岬上的缆车

代表作

风是冷的,海岬,落入了黄昏。
再加上一个配角,这哆嗦而干净的秋天。
我,一个人,坐在缆车上,脚下是湛碧而汹涌的海水。
一只海鸥停在浮标上,向我张望。
我也望着它,我的手,紧紧抓住棒球帽。
我,一个人,抓住这时辰。
抓住我的孤单。我拥抱它,
仿佛它是风,充满力量,然而却是那么虚无。

辩 解 _{新作}

小鱼山

回声是不可信的，
文学馆的回声尤其让人怀疑
它的真诚全都是演员表现出来的
某种感情。那么黄海呢？
那么小鱼山呢？那些聪明人
藏起自己狡猾的蒜皮而把
生动的评价全部赠予山坡上的
海棠，还有暗红的屋顶。
我已经掩藏不住游击队员的疲惫，
它们即将显示于日夜监听
它们的电台主任和实习生，
即将从周末文学晚会中脱身而去，
与风一起周旋，与海鸥一起
谋取波光粼粼的承认。

旧桥雪夜

雪是后来下的，
它是为了追忆或者追认
渐渐湮没的东西

还是掩饰推土机
亢奋的表情?
没有人认为自己有错
或者有罪,正如雪
只是认为自己在增加诗意,
而非行路的难度。
你经过旧桥——
吊车的灰影横亘在
方尖碑的侧影之中。
中铁二十二局,
混凝土块和真正泥土,
不过是在搅拌雪中
复杂的生物成分,
猎豹袋鼠或者雄鸡,
而以后新桥建成,
你能否忆起旧桥?
忆起旧桥恋人
浓密的睫毛?手牵手,
在法国电影里,
在似是而非的
议论中。雪越下越大,
覆盖斑驳桥面,
行人路灯面目模糊,
而在波特曼餐厅里,
心雪正在融化。
余下的任务非常简单,

不过是融化硬冰，

融化梗塞的病人。

旧桥正在倒气，也许

过不了今晚。那雪

不过是乌鸦的信使

或者远房亲属。

沉思录并纪念宫泽贤治先生

沉思如迟钝的木头，

不知死活地缀在滑雪板的身后。

笑容仅仅存活于脸皮的五十万分之一处，

而五十万分之二处则是痛苦与哀愁。

数学知识不是用于计算银河系的孤独的，

年轻的宫泽贤治在花卷的雪野中漫游。

他可能没想过中国的花卷是什么，

更没想过一列减缓速度的火车正在控诉

哪一种粗暴的动物？

出生房屋与纪念馆，

只是人间与旷野的两种刺绣标记，

在改来改去的手稿乌云之中，

作者与作者惺惺相惜，只不过，

他模仿弓腰的贝多芬，我模仿安静的巴赫。

两只渡鸦站在放大镜后面，

静静地望着黑白分明的覆雪的山林。

宫泽润子能够记住多少伯父的生平？

我想起我的侄女正好,13岁,她对《恐怖邮轮》
具有惊人的见解——因为爱,
所以必须循环往复。

半　途

正在书写的人生句号停在半途,
或者四分之三处,或者五分之四处,
但是这些并未令他感到危机的威胁,
反而让他有了一点儿放松的心理,仿佛他正在
法国咖啡馆里,和一个秘鲁人
谈论啤酒和戴着白色斗笠的富士山——
他仅仅在飞机左舷见过它的侧面。
真正的意图是不能告诉秘鲁人或者秘密人的,
他在心里小声而坚定地说:真正的问题
是只能而且是必须对自己说的,
比如小心翼翼地生活在一个严密的
如同铅罐一样的报馆里。他为两个词的应用
而纠结,究竟是严密还是严谨?
后者拟人化,而前者才属于
牛顿物理学。他不难明白这里的其他动物——
流浪猫待在停车场温暖的排气管附近,
正如从夏天穿越进冬天的飞蛾依赖
灯管的庇护。那些黑色的或者酱色的圆球
并没有什么温度,里面的广阔却是连萨尔图荒原
都难以理解的神秘主义图书馆。

但是还是需要把他提溜出来,置于街道,
从半空之中,置于某座公园的边缘,
比如文化公园,比如斯大林公园——
仅仅只剩下命名,它的起源与含义,
并未被好奇者深究,一如果戈里大街的作品,
《钦差大臣》写的是什么,《死魂灵》究竟有没有翅膀,
或者仅仅像摄魂怪一样只是空中阴冷的气团?
生命热流正在消逝,如同时间被裹挟在光线之中,
从早到晚,从读诗到看电视的旅程,
雪的边缘正在融化,好像有人用一只打火机
在它的下面左右晃动,烘烤着它。
气象台宣传的零下十九度口径是否与此矛盾?
零度的水和零度的冰,对于一个缺席试验课的夏威夷人来说,
借重想象力帮助也是不够的。他回到
纪录片拍摄现场,试图寻找正在成为旧迹的东西,
但是每一样东西仿佛都是新的,都是正在呼吸的镜子,
而不是风景画中的巨石城堡,阴暗而高耸入云的
柏树,牧羊少年仿佛一片微妙的树叶,
而卷着波浪的闪着光的溪流反而更像 个人,
满脸都是化妆品,开心地笑着。

年轻人

他们是年轻人,他们有权
在热闹的中央大街或者比较热闹的果戈里大街游逛,
带着他们的男友或者女友,带着他们的钱或者银行卡,

没事儿的时候会拢拢并不算长的金色头发，
在量贩店里唱歌，喝百威啤酒，玩猜骰子的游戏，
谈论时事或父母，大多数时间谈论韩国电影和巴西手镯，
他们之中有的在谈婚论嫁，有的还在暗恋
正在选歌的同伴，而她并不知情，心里想的什么
和脸上显示的什么几乎都是一样的。
他们买不起房子，他们的阅读口味或者其他口味
似乎和本地酱油关联，或者说与血液关联，
出格的面孔露出迷人的表情，
爱或者恨，只是魔方的某一侧面而不是硬币的某一侧面，
他们偶尔谈论未来，但是并不知道自己其实就是
他们正在谈论的未来本身，也就是说，
他们什么样儿，未来就是什么样儿，
不会比现在更好，也不会比现在更坏。
他们坐进其中一位冰壶的汽车，全都侧着身子，
以便容纳更多的消瘦的或者肥胖的身体，
伏特加的香味儿在他们的脸上或者嘴巴上飞舞，
好像一群涂着香水的苍蝇或者蜜蜂。
卷毛掏出口香糖，说停车——
他在雪地里走着，脱掉衣服，光着脚丫——
他根本不承认冬天的存在。

辩　解

在房间里转圈儿，仿佛自己
就是一只丢了一只翅膀的苍蝇。

而且不想批评谁,尤其不想

批评自己,尽管这人

其实就是这个世界上最令自己厌恶的人。

它只有在吃东西的时候好像还活着,

其他时候只是一具走来走去的僵尸,

自己和自己交谈甚欢,

自己和自己相杀相爱。

不能对任何人辩解也不能

向任何温柔的人索求拥抱。

索求其头就是甩掉让人讨厌的灰色包袱。

有效安眠药没起作用。

去书房改诗,又打了游戏,

天已经亮了,但是心里还是黑夜。

望江南

将心里的毒汁全都吐出来,

如河豚,如土球子——但是你们从未指望

改掉邪性的东西,归还正直的东西。

哼哼,你们全都知道改与正之间存在大量工作,

比如土球子是什么？难道仅仅是一种东北土蛇？

念珠豌豆的危险性又是什么？

恐怕不在丁手腕伤口的宽度或者装饰功能的多少,

而黑线鸳鸯鱼,到底是在冤枉黑线人物还是鸳鸯茶？

没有任何一艘渔船清楚,正如海啸根本没有想过

房屋对他们的态度是那么崩溃而渺茫。

布鲁诺盔头蛙从来没有研究过天体物理学,研究过
沼泽战争之中士兵头盔的坚硬程度,
而雨是硫酸酿制的,一滴一滴,
从铁板一块的铁板表面升起
白色的热情洋溢的烟雾。

分界洲岛的雨

血树知道分界的秘密,
而我只知道雨的,知道鱼腥味儿
究竟是怎么产生的,但我却佯作不知,
好像我和雨非常陌生似的,
好像我和决断谷的交情之间隔着
一个又一个南海或者一个又一个
十九世纪似的。我戴着斗笠,
正在回忆东北或者哈尔滨的夏天。
兴凯湖的热情远远不及陵水,
甚至不及香水湾或者牛岭那边并不安宁的
万宁。或者某个电影演员,
正在写拍摄日记或者正在橘树下乘凉,
她抬手将沉思的帆船甩到更远的天边,
甚至模仿海狮模仿的海豹滑行,
贴着地板表面的水层。而海豚
不过是娱乐自己而已,而过路雨却以为
它在取悦更加庸俗的游戏。

随笔 想象的技术之脸

对自己严格要求算不上死板,而且在具体操作中并非没有即兴成分,相反,在仿佛不受控制的章节或者时刻之中往往会出人意料地冒出额外的喜悦。我对自己或者某些朋友说过,写作报酬其实早在写作之时就已获得。

操控能够操控的技术而把其他部分托付给其他东西,比如说对中文语法的研究或者对陈述句的应用(涉及逻辑问题),比如说标点符号之合理应用以及长句字数设置与气息长短的关系之类。说实在的,这些才是值得牵扯精力的工作。全十绕开它们谈及灵魂或者其他问题,如果不是因为智谋或者实用,那么只是另外单独开设房间以便集中注意力谈论而已。

写作延续性问题对我来说只不过是时间安排或者体力问题,甚至不客气地说对此我的经验十分丰富。但是现在我能说的比较粗糙的层面,不过是它的解决过程与人生阶段相关而已。那么在进入五十岁转折点(假设人生百年)时,这些曾经需要认真面对的问题显然不复存在,虽然偶尔出现需要自我质询的问题,但从侧面看来不过是为了校正或者补充而已。

经常问自己问题或者沿着问题追问下去,为什么这样或者说这样做究竟会产生什么结果或者效果?想象技术的应用范围远远超过想象,所以一旦确定创造性或者先锋性的方向,那么具体工作就会在极其精细的范围之中进行,甚至仅仅是针对一个动词的外貌挑选或者音调不对称的和谐性实验(体式这种庞大考虑不在其中)。1993年左右的逻辑试验以及2000年左右的技术摸索现在已经处于地下秘密层面,这不仅是为了躲避稳定性的善意提醒,主要还是觉得自己的工作还是应该约束在自己的范围之内进行,而不必骚扰其他人的写作。

自己对自己的编辑和审视相当严谨而认真。这其实没什么值得骄傲的,对我来说不过是基本设定而已。这不仅是态度问题,主要仍是能力问题,既包括发现与解决问题的能力,还包括书写真实的能力。然而在写之前极难发现问题出在哪里,只有在写作结束之后回顾的时候才发现。如果你是一个孤绝的人可能根本就不会出现这样的问题,所以我就必须按照真实原则来写。

写作是极其自由的但是又必须为之设计相关的语言纪律。但是写之前什么都不需要,只需笔纸,把想好的部分写上去,然后把能推进的东西推进下去,或者猜测或者想象或者衍生或者逻辑,或者这样或者那样,直到什么都不想或者自己觉得必须结束时就结束。而写作伦理尺度当然不是作者伦理尺度而且必须高于大于甚至与之相反。

毛 子

生于1964年,湖北宜都人。著有诗集《我的乡愁和你们不同》。

代表作 那些配得上不说的事物

我说的是抽屉,不是保险柜
是河床,不是河流

是电报大楼,不是快递公司
是冰川,不是雪绒花
是逆时针,不是顺风车
是过期的邮戳,不是有效的公章……
可一旦说出,就减轻,就泄露
说,是多么轻佻的事啊

介于两难,我视写作为切割
我把说出的,重新放入
沉默之中……

新作 关闭合

无穷：致扎西

回到同一颗心的反面。这是佩索阿
教给我的。

但在水大相连处，它已不重要。
现在，其他的事物，在扩建我的无穷。
你看，河水替我在流
翅膀替我在飞
行星替我在公转
数字替我长生不老……

如果还有什么要继续的
那就是再一次地抛弃它们
转向伟大的无知

宇宙流

　　根钢管的性取向，不取决于钢管。
一条小溪松开它的偏执症，就变成白云。
而一条马路知道自己是马路，多么可怕。
人机大战，阿尔法赢了。

昨天走在云集大街上，恍惚中
我和猛犸象、剑齿虎、恐龙、三叶虫和蓝齿鲸迎面相逢。
它们大摇大摆。带着侏罗纪的丛林和白垩纪的海洋
径直走向川流不息的车辆。
奇妙的是，我们不发生，不交集，不妨碍。
它们穿过水泥，钢铁和玻璃幕墙
不留一丝缝隙。

多样性的时空啊，它真的不可言说。
该是放弃智慧的时候了
因为这宇宙运行着的天文
它涵括着所有的可能性……

咏叹调

我们身体里的奇妙化学反应
怎样变成了
物理的机械运动

这婚姻的现象学，显得无助
因为材料学告诉我：金属也有疲劳

而更大的事物也不鼓舞。本雅明
从久远的黑暗中回来
给盲目的进步论，一泼冷水

他说,每一个当下里驻着它的未来
都有它的紧急状态

艰难的焊接啊。在边境与困境之间
在男人与女人之间
在我们步入驼背老人之间……

关闭合

世界留下它的孤儿。而我们
告别88岁的徐正端

这个守屈原庙的人说了那么多
但他永远是未被说出的事物

几天之后,在另一个地方
我凝视山冈上,孤零零的天文馆
想着它的关闭合,想着
它拱形的孤独
怀上了整个星空

省略号

总是见异思迁,又不断地返回
从异乡、异性、异己
和异想天开中

朋友陈哈林回不来了
这个土家人放弃了土葬
把骨灰撒进一条河流

我们已无从知晓他在河流的具体位置
也不清楚这是他的终点还是起点
但可以确定的,他一定还在
地球的某个点上
而从更遥远的地方看,地球
也是宇宙中的一个点

如此的点排列着,这就是为什么
省略号有满腹的话
却从不说起

摘抄一段克里玛的回忆录

泰雷津集中营,少年的克里玛
遇到一个分发牛奶的姑娘
她长着雀斑,有杏仁的眼睛
她舀给他的牛奶
总是比别人的多一点……

多年后,当人们谈起战争和女人
克里玛默默走开

因为在泰雷津,他所认识的姑娘

都没有活着出来

撤出之诗

这颗行星上的智慧,是否

是宇宙中的唯一

如此去想,我和路边的一条老狗

互致同情

生为何,物又为何。历代的哲学家

都喋喋不休

而一块玻璃,或一张汇款单

不会提如此问题

在它们眼里,一个垃圾桶等于一场婚礼

等于物价波动等于

头皮屑等于恒星的爆炸等于

一条蚯蚓在土壤里的蠕动……

智慧也是樊笼啊。为何不和一块玻璃

互换位置。为何不从"我"的视野里

彻底地撤出

该说再见了。再见辩证法

再见因果律

再见神学,再见诗歌

再见,一个三维世界里的

存在与虚无……

酒店入住

盈嘉酒店的前台,挂满了
一排石英钟。
上面走动着巴黎、伦敦、悉尼、纽约、东京
米兰和北京的时间。
这天是中秋节,刚好出差外地。
我很想知道月亮的时间,月亮下
那个无家可归的
流浪汉的时间。

但我看不到。它们在时间的阴影里
我办理好入住手续,按下电梯
感到全世界的钟
卡了一下……

睡前书

亡人节这天。我给
鱼缸中的父亲换水,花钵里的
父亲施肥。
打扫卫生,一粒细微的父亲
从尘埃里升起来
它可能会落在水泥的、棉布的、玻璃的、木质的、金属的、塑料的父亲身上

这一天,我事无巨细,总有遗漏

晚上入眠,不禁想起

量子理论……

与友人,在清江

语言帮助这条河流,进入到

一首诗中。

它也把我们固定在

我们坐过的地方

语言真的有用吗?

它是否可以

触摸到语言之前的河流

我想起类人猿的声音

它和我们的区别

就像煤油灯和电灯

对夜晚的融入

短句:与东林

我想遇到从"莱卡"相机中

跑出来的街道

并在拐角处

拥抱它。说:

你好!我的脸孔,我的世纪……

在陵水的海边

大海不可言说

它只能定义我们的所想,所做

——当张执浩在沙滩上写下"汉诗"

而一排一排的海浪涌来

它定义一项古老的事业生生不息

当海风吹拂衣米一的裙裾

它定义友爱中的美丽

当海洋掀起无可匹敌的宝石蓝

它定义自然的伟力

当落地宜昌,我给云南的

何小坤发去短信

它定义海内存知己,天涯

若比邻……

随笔 另一种回眸

我的床头最近放着两本朋友的新书,一本是《神的家里都是人》,另一本是《跟诗人回家》。我交叉地读这两本书,它们都是对诗人作为"人"的那部分的关注,就像地质队对一片矿区的勘探取样或医生对疾病的切片,它们对当下诗歌重点的扫描,呈现出诗歌现场的脉动和心跳。两本书还没看完,人机大战中的柯洁已以0:3完败给阿尔法狗。

当柯洁充满沮丧地对人类说抱歉时,一种回天无力的感觉让我不寒而栗,我知道一种关系不可逆转,一种可怕的"美"已经诞生。

那天从围棋的绝望和人类的沮丧中走出来,恍惚地穿行于人海中。大街上依旧如往日杂闹、忙碌、喧哗——商贩、行人、店铺、车辆、广告、欲望、挣扎、兴奋……而新闻里又一起恐怖事件在西半球发生,我小区旁的一家制作地沟油的小作坊也被工商部门查封。那一刻一个问题冒出来:我们完全进化为人了吗?如果这个答案是否定的,那接踵而来的是当我们还没有完全进化为人时,我们却又创造出一个超乎我们之上的"物种",它们同时裹挟着我们山呼海啸地扑向未来。

随后,一款叫小冰的机器人写的诗,在微信圈流传,媒体也紧追不放地对诗人们展开了问卷式的采访。几乎所有的诗人的看法在某一点是一致的——机器没有情感,没有意识,它所写的无非是基于程序设置的,对词语的智能化的选择和堆砌,是一种人工智能的编码游戏而已。

机器没有情感——这似乎成了诗人们慰藉的稻草。但我心存怀疑,比他们悲观。人类不久前还认为围棋的世界是无穷的,可阿尔法狗瞬间抽空了它的无穷,让那个变化莫测的围棋世界走到了尽头。而我们认为的"诗无达诂",它真的无达诂吗?现在的机器人没有意识,没有情感,这并不意味它将来就不能突破文明的奇点。我们生命的进化也是从一个没有情感的单细胞开始的啊。

  回头说说我的畅想。假如许多年后的世界,一个驾驭我们的物种或一个升级的人类也写一本《神的家里都是人》,它写的水准可能超过了十万个但丁和百万个张执浩。但这个像神一样的写作者,它心里还有自己的神吗?我想它应该有,如果有的话,很可能就是我们今天的人类、今天的诗人。因为在它眼里,我们的局限、缺点、忧患、困境、挣扎……都是它羡慕的,它没有的体验。它在只有一个"果"的世界,它失去了全部的"因"。

  正是在这个意义上,我站在未来回眸现在。它提醒我们的写作,我们的诗歌,把那已经发生的未来纳入我们的写作现场,并在两难的处境中,和渐渐丧失体验的世界,渐渐丧失未知性的世界,作无用而有用的抗争。

  这也算青春的回眸,对人类青春的回眸。

何晓坤

生于1965年,云南罗平人。著有诗集《蚂蚁的行踪》《灯花盛开》。

代表作 多年以后

多年以后　我将躺进宿命的露台
看一株两株的植物　在废弃的花坛
安静生长　多余的口水　会在我的嘴角
欢快流淌　一些事情　我会想起
它们注定是我灵魂深处的露珠　将我湿润
另一些事情　我也会想起　但不再痉挛
我会选择安静的午夜　面对朗朗夜空
焚三炷清香　诵三遍忏文　之后
入漫不经心的章节　幸福地假寐

多年以后　我会最后一次走进内心
收拾最初的柔软与疼痛　清扫最后的灰尘
然后傻傻地坐在大地的眼角　遥望虚空发呆

多年以后　我的生命不再以物质形式存在
这个世界会多出一堆黄土　寻寻常常的黄土
除了生长茂盛的植物　也寄居田鼠

多年以后　我连尘埃也将不是
而阳光依旧明媚　大地依旧宽阔
这个世界　以及这个世界里无数的我
仍将诱惑如初　轮回依旧

[新作] 在月光下漫步

与己书

回到自己的内心去吧
把过往像垃圾一样运走　这样的年龄
不该有疼痛和疯狂　也不再纠结和幻想
回到内心去　煮　壶清茶　安静下来
看看夕晖里的大地　多么柔软、安宁

包容裂痕依旧的光阴　原谅自己
也原谅整整一生不离不弃的影子
告诉它　委屈了　跟随了大半辈子
也没有长大　以后还会越来越矮小
现在我要去打扫落叶了　如果你还愿意
就和我一起弯下腰去

归　途

从这座城市往东20公里
就到了南祥寺

我去南祥寺的目的
从来只有一个

——寻找西去之路

故此　每次我抵达南祥寺后
都得掉头　重新踏上归途

心　虚

一般情况下　我每次到寺院
除虔诚跪拜　焚香礼佛外
都会倾尽身上所有　真心供佛

近些年　我的行为开始升级
稍有可能　便在菩萨居住的地方
盖楼建塔　或者其他

但我一直没有勇气问自己
我的这些刻意之举
究竟是一心向佛
还是做贼心虚

欲　望

法师坐上讲坛，四周就开满了莲花
佛的气场无边无形。所有的魂魄
都开始安静，像潜伏在暗处的虫子
就要得到赦免和新生

法师说，你们的灵魂装满欲望
魔就统治了心灵。看看你们的身后
每一片云朵都在喘息，每一个影子
都在逃亡和追逐。花开花落，转瞬即空
清空你们的欲望吧，跳出你们的牢笼
在这心惊肉跳的人世，唯有成佛
能解救你们的灵魂。突然一个声音响起
请问法师，在这心惊肉跳的人世
还有什么样的欲望
大讨成佛

比如炊烟

那些落叶　那些枝头上弹落的音符
正归入大地　慢慢成为大地硕美的部分
那些荒草　那些秋风中佝偻的影子
正俯向泥土　渐渐成为泥土新的脸谱
那些灰尘　那些流星　那些高空的幽灵
在无风的午夜　也正尘埃落定
这些有身份　有分量的事物
都面朝伸手可触的温暖　安排了归宿

尘世间的每一次陨落　都选择了向下
向大地的重心倾诉　有没有向上的
好像有　比如炊烟　比如晨霭
比如安静的灵魂

登鸡足山

踩着石阶一级级向高处延伸

我的行走非常平静　内心充满了欢喜

林中的鸟　离我很近　松鼠的舞蹈

像精心编排的欢宴　高贵而优美

涛声从高处传来　诵经的声音也从高处传来

地霭和浮云　在我所能目及的空间　流淌

看上去轻盈而干净　无边的柔软和寂静中

许多行色匆匆的面孔　从我身旁闪过

好像我都认识　却又无从记起

和慧如法师喝茶

简简单单的茶具　在僧房的露台

岁月的根　从这里铺开并延伸

在浮世的屋檐下　他虔诚地伸开双臂

然后用灵魂的陶罐　一点一点地

迎接光阴的露珠

他的动作非常专业　像天堂里

受过训的茶童　慢条斯理地浸泡

人世的安宁　他平静地讲述

隐身在时间背后的蚂蚁和鼠　讲述

一朵花的绽放和枯萎　讲述潮起潮落

他的话音刚落　一杯茶水已在身体荡漾

时光的过客　　也喝下了整座虚空

写给蛋蛋

蛋蛋,你终于躺在我的臂弯里了
你看我的眼神,仿佛与我前世就已相识
你刚来到这个世界,我们就用目光交流吧
我要告诉你的是,天是蓝的,草是绿的
花朵妩媚缤纷,春天和冬天,都很美好
人间是一座花园,人心也是一座花园
都需要阳光和水分,需要培植与呵护
所以外公嘱咐你,现在你是这个世界的婴儿
将来你就把这个世界当作自己的婴儿吧
抱在怀里,捧在手里,疼在心里
如果这样,你将永远都是这个世界的婴儿

在月光下漫步

月光朗朗的夜晚　　天空如婴儿睡眠般
安静　　一朵两朵的白云　　悬在夜空
像宿命中朦胧的片断　　令人琢磨不定
灰蒙蒙的背景中　　有鸟优雅地划过
仿佛黑暗中的侠士　　步入了更深的黑暗
更像被遗忘的音符　　在阳光的背面跳动
此时在月光下漫步　　有人沉醉于过往
有人憧憬着明天　　也有人会想起别的什么

比如天顶的神灵　比如脚下的蝼蚁

更多的人　什么也不想　任凭孤零零的影子

晃过毫无意义的时间

梦见一个人

梦见一个人　在某个平常的日子

白天或者夜晚　梦见一袭黑风

一面远古的战旗　在局促的空间舞荡

面对这突临的幻影　掠过城堡的眩目之色

我真的有些手足无措　许多年来

我已经习惯生活在梦之外的地方

循规蹈矩　平淡无奇　我也异常清楚

自己骨子里并不是什么清心寡欲的人

谁也不是　所以梦见一个人

一个长发飘飘的幽灵　曾经的梦影

并非不可理喻　并非亵渎

如果这个人真的出现在我眼前

其实我可能会视若路人　擦肩而过

甚至在无人的地方

也忘了回头

黄昏，一人在一叶斋喝茶

林中有琴声响起，旧时的月光

提前洒落在湖里。大地空旷而寂寞

暮归的人一身岚气,他的影子
就要被黄昏删除。
暮色辽阔无边,时光的谎言
被风——吹落。地霭浮动
宛若被破译的玄机,向人间弥漫
无须眺望和遥想,所有的承诺和守候
都已在杯中错过。刀戟声没有了
远方终于亮起灯火。一个人的江湖
就这样在时光的背影里
归于平静。

书房墙上的字帖

友人赠送的书法作品
悬挂在书房墙壁的中央
装帧考究　笔法飘逸的书法作品
是书房最有品位的一道风景

而我担心的是　如果某一天
这幅书法作品不见了　那我的书房
就将留下最显目的疤痕

夜憩菌子山

这里距离天空很近　空谷也肯定有灵
森林和石头　在高处　相互仰慕和守望

过滤后的空气　有氧溢出

万物寂静　过路的神灵

也悄悄咽回了　滑到唇边的训词

夜幕降临　天空变成了被褥

偌大的被褥　轻轻覆住浮尘

被褥下的花花草草　有节制地释放

夜的香气　偶有萤火闪过　我知道

那是不安分的魂魄　蓄谋已久的背叛

或一往情深的迷失　我还知道

所有的草地　都是为羊儿准备的

而此刻　我真的只听见羊儿的声音

没看见羊儿的身影

遥想陵水

想到大海，我会想到海南

想到海南，我会想到陵水

想到陵水，我会想到两亿五千万年前

两亿五千万年前，我所在的地方

和陵水一样，也是一片汪洋

陵水，明晚我将抵达的地方

我想他一定蓝而无边，柔而有度

我想他一定像两亿五千万年前的云南

流干了眼泪，剩下高山

如此一想,我基本可以确定
前世的我,可能是陵水的一只飞鸟
来生,则是云南的一条闲鱼
而此刻,我只能怀揣暮色
埋头赶路

灵魂深处的灯盏 〔随笔〕

一

一诗友，年近知命，写诗二十余载，父母妻儿、同事亲友竟无一人知晓。直至近期，一地方公众平台擅自推出他在外刊发的诗歌作品，众人方觉惊愕，原来他会写诗！原来还是个诗人！我这朋友则是一脸羞愧，仿佛被人发现不务正业，抑或做了什么见不得光的事，头渐低垂，傻笑而过。

工作与生活中的诗人，那真是见不了光的。见了光，似乎就成了疯人。他们的诗歌，也是见不了光的，见了光，就成了疯语。疯人疯语在如此物质的世界现身，岂不是断了自己的后路。

二

主导社会生活秩序的始终是权力和财富。

我们的诗歌，犹如夹缝中漫不经心的一声叹息或一个痴笑，没人在意，没人关注，更不要说喝彩。

如此，基层社会里的诗人，像极了潜伏于物质丛林的精神之贼，唯一的选择就是悄然潜行，伺机而动。

他怕贸然出头，就被这个世界遗弃。更怕远离诗歌，又弄丢自己。就是在这种人格极度分割（请注意，不是分裂）的状态中，一次次撕裂自己，然后又慢慢缝合。

诗歌，注定不能成为他生命的饰品。

三

他们的写作本味而干净,少了功利,多了真实。

因为诗歌与生俱来的高贵和他们灵魂深处的孤傲清高有着天然的契合,所以他们选择了诗歌。

他们写诗,在暗处,在自己的精神囚室,像虔诚的基督徒,纯粹而决绝,直到囊空空,干干净净地退出。

他们试图把自己活成自己的庙宇、自己的佛。

四

生存的环境和对诗歌的态度决定了他们的作品必然从里到外都散发着人间烟火,弥漫着幸福与温暖,泪水与疼痛。

这是他们诗歌的根和血脉,是诗歌的故土和家园!

烟火在低处,在底层。往上,必定飘散为高高的浮云。

让诗歌的笔触指向低处吧!指向低处,我们的诗歌就有了筋骨和血液,有了魂魄!

蒋三立

生于1963年,湖南永州人。著有诗集《永恒的春天》《蒋三立诗选》等。

老 站

（代表作）

除了几截没有拆走的铁轨
一切都没有什么痕迹
站台边
几株野芦苇花,白手帕一样在风中摇曳

它送走的人哪里去了
火车开来的汽笛声哪里去了
外出打工的几个漂亮姑娘哪里去了
那个弯腰的老扳道工和摇旗的瘦个子青年
哪里去了
那么多曾经等待和期盼的目光哪里去了

我不相信这个小站也会衰老
一切会这样沉寂
那些在远处飞速开动的火车
震动不了寂寥路过的心

新作 河流最蓝的时候

小 站

正月十六那天。风大
人多拥挤
人和大包小包都往火车上塞
最后上车的妇女
挤出一张脸在喊

月台上,老人怀里的小孩哭着:"妈妈不要我了!"
车开始启动
老人急忙弯腰放下孩子
扒起裹在孩子身上的衣服追喊:
"秀玉,你的衣服还没拿!"

空 山

大片的油菜花尽头是山坡
开满桃花的山坡后面是一座空山
空山里散落着墓碑

下了几场细雨
清明节到了

人们陆陆续续往空山里去

扛着锄,拿着刀和祭品

接着空山里响起了鞭炮,飘出袅袅轻烟

惊飞了栖落在树的鸟

几天过后,一切归于沉寂

留下说不清的寂寞

秋 风

又到秋风翻阅树叶的时候

翻来覆去如过往历久的经书

树下的我,小心地看黄叶上的昆虫飞走

在苍茫残红的阳光里

一寸寸怜惜往昔,白发漫生的青春

随着年岁的叠加,失去的越来越多

获得的越来越少

放低自己,让岁月河流一样自然地流淌

放眼望去,江山万里,都是带不走的珍爱

醉心于秋光里,对岸砍芦苇的人放下苇秆,卷起了袖口

任风扬起长发

无奈心中已无激情

一年一度就这样被秋风牵手奔跑

该有什么宽恕我们这些无为的人

哪怕是河边的老屋,碎石路上阳光的碎片

夜　色

夏夜坐在河边头戴月亮的人
横一支竹笛把微风送远

牧场的马群甩着尾巴,口嚼细草
眼前,水波不怎么闪,萤火不怎么亮
能看到的都被蛙声、虫鸣覆盖

心在无边的静处追逐

亲爱的眼泪

我要止住
你是我身体里最珍贵的部分
一滴也不能落下
你藏着的不只是爱,还有具体的人

那么多关怀、善良、伤痛、贫穷的欢愉的往事
亲爱的眼泪,你不能离开我
哪怕是落在自己的身上
不是盐分太重的问题,也无关酸碱
你不能落在地上使土地潮湿
也不能挥洒在空中

带着尘埃落下

亲爱的眼泪,我舍不得你
今天又到了节日
我在熟悉的地方转来转去
找了好久
还是找不到逝去的父亲和妹妹的影子
亲爱的眼泪,请你不要在我的眼眶
你要流就流在我的内心
流成一条河
把我淹没

寻找山的更高处看城市的灯火

我寻找在更高处
看这座城市的灯火
看一家家的灯火渐渐亮成一片
夜露和宁静轻轻弥漫

我似乎挽着一棵树的胳膊
在高处,默默地看这座城的河、对岸
看灯火下人间万物的小
看灯火下车水马龙的光闪闪灭灭
看这座城的灯光如何在午夜后
变得暗淡
看星星又怎样在高处渐渐明亮

我希许许久。心中的人还未走散
清晨还未到来
鸽子和白云朵还未飞过学校屋顶上空

东海岸

当未来的某一天你们登临此地
我早已在东海岸
迈开赤裸的双腿

我抓不住光芒,却飞奔在大地
看一千多公里长的大宝礁
心追上大白鲨、鲸和海鸟

让人生可以随意潇洒
把想象和身体挥霍
然后,做个像风一样的男人
向着春天
一米多高 一无边的牧草吹去

及至尽头
晚霞一样铺展红黑相间的翅膀

候　鸟

鸣叫、起飞，离开北方
在天边飞很美的姿态

再远的地方。有翅膀也不嫌远
飞过田野、森林、海湾、半岛

飞，有时不只是为了食物和温暖

现在又到了春天
它们又该起飞了

我不知有没有越冬之后不肯
返乡的鸟，它们是否能有乡愁或
别的什么。但我相信它们
无论多远都能找到出生的坐标

伴着一声声鸣叫
它们又飞起来了
我喜欢它们飞的样子
与天和地都保持着一种距离

纳帕海的冬天

顺着一条沿溪的路延伸进来
雾，弥漫而不缥缈

十时已过,山的际线渐渐清晰

湖边吃草的牛群有几只抬起头

似乎在凝神倾听,我们的到来

一切都万籁无声

包括我热爱这里僻静的心

独自靠在一块岩石上

屏息地看,黑颈鹤在湖边浅水中

迈向淡黄的水草

渐渐的,这里有着不安的气息

白斑翅在秃刺枝上鸣叫

白尾海雕扑向水中的几只斑头雁

两只赤麻鸭惊恐起来

我心怦怦地,呼吸急促起来

似乎急忙打开门

让它们躲进了心里

没有叹息和颂词,只有祈祷

高原起风了。一些细小的草籽被风扬起

完成草没有完成的生命历程

当我轻轻离开的时候,这里

留下了这里的湖、鸟、牦牛

还有寂静虚无的时光

河流最蓝的时候

清晨,热浪还未袭扰它时

它散发出薄雾弥漫着我

河边的树林、树林的松针叶和我交换呼吸

接下来,鱼跳出河面的声音

高处的云、南太平洋吹来的风

河对面山寺里悠悠的钟声

树叶偶尔掉落的声音

越来越红的神秘的晨光

弥漫着我挣脱不了的灵魂

在北纬二十六度左右的湘南

在三伏天的二伏末

在河流最蓝的时候

鸟和蝉的叫声就会慢慢安静

而潇水只默默地让它怀里的大群的白鸟

沿着河岸和倒影低低地飞

春　雨

绵绵的春雨带着细密的寒意和倦怠

手一伸就到了春天

感觉到了田野上空云层的翻滚

冬天没犁过的地长出一片片绿嫩的草

迷住了多少少年和鹅、羊

还有刨地鼠、白毛兔

多少年了春天啊

那个阳光明媚的日子

仿佛就要到来

那片大海

把心中的云朵抬高

向往那片大海,海的远方

椰树一样高高地伸展枝叶

把星空摇曳得更亮

看那片大海,海的远方

那远方来的风就在耳边

不断传送海洋的气息

海涛就这样澎湃

贝壳留在了沙滩

心连向无边的远方

随笔　让诗跟着心灵走

　　诗要随心写，不拘什么形式。心有感触、有感动、有感悟、有感情就写什么。用口语表达也好，用深奥、艰涩的语言表达也好，用有张力的语言表达也好，只要有意境、有美感、有发现——一句话：有诗意，都可随心而为地写。

　　有时心力迸发写出充满激情的诗，有时冷静洞察写出现实感、感染力强的诗，这好像都没什么规矩，也无需拘泥于什么风格、流派。墨守成规地写会写得很苦、很累。写诗是一种精神释放、精神散发，充满自由的精神色彩。诗人眼里看的、心里想的会以自己最合适的语言，诗意地表达。一个成熟的诗人，总会找到适合表达自己的诗的语言和形式，他也许兼具多种形式和风格，他可能不会为了哪种风格而刻意为之。

　　诗人写诗时选择了诗歌素材，这些诗歌素材是心灵先发现了它，心灵觉得它有诗意，而它本身也选择了诗人的表达方式。写诗应跟着心灵的感受走。尽管有时感觉也是靠不住的，时间和空间不断地移动变化，实物的外壳包裹着真假难辨的内核，但写诗还得靠心灵指引。有时心灵在黑暗中探索，黑暗拓展了巨大的想象空间，在黑暗中寻找光亮，光芒照亮那些原本看不见的物体。但黑暗看不见黑暗，光明始终看不清光明。总的来说，黑暗远比光明宽广，光明只是宇宙中很少的部分，因而对于人和生物而言弥足珍贵。

　　对于生活而言，新奇和发现是我们生活中很少的部分，而庸常和琐碎的生活我们虽然厌倦，若一旦失去它就倍感恐惧和无所适从。

在今天的社会,人创造科技,依靠科技像鸟一样飞来飞去甚至比鸟还快地满世界寻找财富、美景、新奇热闹的地方,从东到西、从南到北抵达自己预想的目的。

一切消失的正在加速消失,一切展现的正在飞扑而来,但心灵告诉我,我们追求的目标不应以放弃自然宁静、内心的安宁为代价。

诗人应该是一个时代灵魂的守望者。一个时代过去以后,他应诗意地抒写出这个时代的历史的精神生态。诗人要通过他写的诗让一些"死去的东西"活动起来,变得又有了生命。诗歌是可以连接过去、现在和未来的。

写诗并不能让我们抵达幸福。写诗只能是带着一种情感把一些温馨的东西留下来并抵达心灵,写诗只能让过去的时间发出回声,在平淡的生活中提炼出神奇的想象并提升精神的境界。虽然写诗有一种力量,有一种精神释放的快感,但更多的是脆弱和痛苦。

受心灵指引,诗的语言应该是有张力的,甚至是充满灵性的。康定斯基曾说:"语词是内在的鸣响……甚至可以说比钟鸣、弦颤、一块木板落地等产生的精神震颤更为超脱感情。"诗提供的意境和画面应该是美的,它蕴含着自然之美、情感之美、哲思之美、诗人的人格魅力之美;它所呈现出的境界应该是宁静的、澄明的、圣洁的。

王 琦

生于1963年,河北承德人。著有诗集《灵魂去处》《马在暗处长嘶》等。

代表作 老黄牛和狗

老黄牛摇着尾巴从村里穿过
狗也摇着尾巴,跟在它的后面
这是一位农民离不开的两种动物
一个靠力气为主人耕地
一个靠忠诚为主人看管着老黄牛

老黄牛把自己的一生躬身前行
它听惯了吆喝也受惯了鞭子
它不耕地没有别的出路。但是狗不一样
狗是老黄牛的第二个主人
老黄牛稍有停顿,狗就扑上去大喊大叫

一位农民在两种动物之间左右为难
既不能让老黄牛累死,又要让狗有用武之地
他想直一直身子
看看老黄牛他想了想自己
看看狗他也想了想自己

新作 与岩石在一起

村里的老中医

一根银针,总能扎在这个村庄的最痛处
轻轻捻,轻轻拿捏
老中医把全身的力气集中在山羊胡子上
不管病人如何痛苦,总是不紧不慢

每当他拿起笔,另一只手先要翻翻病人的眼皮
有时摇摇头,草草地写一个药方
有时颤巍巍地踱上几步,喘几口气
才把几味猛药加大些剂量

在金沟屯,老中医有不可侵犯的权威
他说谁有病,谁一定有病
他说谁得准备后事了,用不了几天就会死人
似乎全村人的生死由他掌握

但老中医老了,连同风烛残年的村庄
老中医把自己当成一剂药
把能治病的成分熬出来,最后
一把老骨头,一把药渣子

九月的牵牛花

金沟屯的九月，不是全人类的九月
金沟屯的九月更加真实
尤其是牵牛花，缠绕好自己的枝蔓
根本不管七零八落的花
还有没有再开一次的可能

从金沟屯的九月往冬天望去
已是一地落叶，野茫茫里看不见一只飞鸟
这时的牵牛花是枯黄里唯一的绿叶
它没有信仰，也没有追求
只是最晚一株爬向死亡的植物

成熟的原因

金沟屯与生俱来的命运在于
这里的每一寸土地都这样贫瘠
没有更多的养分喂养庄稼，也没有
高高在上的天遂人愿的雨水

看上去，金沟屯的庄稼弱不禁风
却能忍受烈日，能像男人咬紧牙关
把最后一点力气举到霜降
也不让自己在别人面前弯腰

骨瘦如柴的男人们,聚在打谷场上
他们在议论今年的庄稼
他们的肚子咕咕作响
他们的身后是就要成熟的红高粱

未能说出的空房子

我把声音压到最低
仍有一些响动穿过了空房子
这是爷沟屯的空房子。一群麻雀从屋顶进出
蜘蛛补上了窗户的漏洞

风雨剥蚀的墙坯,已经倾斜的房梁
一代传给一代的老房子,就这样破败了
因一些未能说出的原因
像我的内伤,至今疼在衣服的里面

这是一个小小村落
一眼就能看见的荒凉。霜降这天
我回到自己的出生地
站在爷爷奶奶的老屋前,想起了父亲母亲

想起他们,就想起来身世
我把啜泣压到最低,仍然惊动了四邻
总算还有些人间烟火
守着几棵将要枯死的槐树

与岩石在一起

与岩石在一起的,是一小块青苔
在远离城市的空间里覆盖了荒凉
经年累月的时间堆积在它们身上
身边围着一圈今年长起来的短草

一小块苔藓覆盖的是岩石的夏天
到了冬天苔藓上面还要覆盖一层白雪
白雪的上面还要覆盖一层阳光
阳光的上面有一些声响
所以,我是屏住呼吸的
我像岩石身边的另一块岩石
把孤寂的心靠在一块石头上
并且羡慕那一小块青苔上的嫩绿

墓　碑

那块等了我一生的石头
依然在等,它在等着刻上我的名字
竖在百年之后。其实它在等一个名分
等一个称呼,等我成就它的一生

放眼原野,形形色色的石头
它们对应着每个人,都在等着自己的石匠。

我们不断抬高目光

目光空虚，石碑上的字迹不仅仅是生平

这些散落的石头，重心不稳

正被石匠打磨掉棱角，然后摆放整齐

只要那一天到来，我们都要用到其中的一块

不要挑剔石匠的手艺，石匠也有石匠的苦衷

此去经年

坐在一杯茶里，看着自己走向另一个自己

这完全是两个陌生人

穿着同样的衣服，有着相同的经历

甚至家庭住址与电子邮箱都完全一样

唯一的不同，一个自己正在一杯茶里融化

另一个自己已翻过了高山

我看见霞光披在自己的身上

雪山的反射映红了我高大的身躯

但你不能说这是在逃避，我没有这样做

至少我的躯壳还在，这个傍晚还在

我只是让幻想离开了自己

离开了2017年，远远地，跑到了自由的天际

茶已经淡了，天已经亮了

我保持了这样的姿势

似乎会飞的不只是鸟儿
我的身子很轻,就像白云之上的白云

一匹马在夜里奔跑

一匹在黑夜里奔跑的马
背叛了草原,高山为它竖起鬃毛
丘陵为它扬起四蹄
这梦中的马,已经冲出黑色的边界
冲出华北平原

这肆无忌惮的马,无人可以阻挡
它在我梦中的疆域横冲直撞
或者像我曾经的誓言
这匹无拘无束的马,赶在黎明之前
绝尘而去,抛弃了我的黑暗

致春风

三月的阴影下,惊蛰后的蛾子
慢慢苏醒。它先飞到一块岩石上扑闪翅膀
享受一会阳光,然后像它们的祖先
借助风的力量飞过了土墙

无所事事的蛾子,到处在找缝隙
白杨树在舒展腰身,孩子们在和尿泥

扑闪的蛾子像一个故事

又像春天的主人公,飞在温暖的迷茫里

群山在远处观望,天也很高

慈悲的春风一路奔走,它拨开众人

为一只蛾子的理想

吹绿田野,吹醒沉睡,倾其所有

亲　近

从水中捞起月亮,那清冷的光辉散尽

顺着指缝又回到水里,这徒劳的努力

耗尽了一条大河的清澈

一张渔网又被拖回到岸上

直起腰,这片波光粼粼的水域

焕发着迷人的光辉

这是有生以来最浪漫的尝试

两岸低垂,仅容我的迷茫与细浪耳语

一枚心底的月亮,这无法亲近的

在水中晃动的月亮,让一条大河如此生动

无需掩饰与躲避,一如多年以前

对着月光的描述,你是水一样清澈的少女

陵水的椰子

一颗陵水的椰子
昨晚一直在路边
等我

那青涩的样子
多像我的恋人
有着羞羞答答的模样

我们相视很久
谁都没有说话
没有拥抱,也没有鲜花

只有无声的倾诉
直到你把内心掏空
我仿佛也仅仅剩下了躯壳

随笔　诗歌是我灵魂的歌唱

二十世纪八十年代末,我出版了个人的第一本诗集《灵魂去处》。

从那时起,我每天只和自己的灵魂相依为命,不管我的身体经历了多少俗不可耐而又无力反抗的事情,始终把握着一条,决不允许任何情况下让自己的灵魂做出哪怕一点点的妥协或者背叛。这就是我对诗歌的承诺和执着!可以不写,可以少写,但只要我拿起了笔,我就是自己的主宰,我就是灵魂的化身,我就是一个纯粹的诗人。

我一直坚信,诗人是有使命的人,这是我的终身信条。这种使命并非天定,而是自我承担。从一定意义上说,这种使命体现着诗歌的价值,体现着诗人的价值。

相当长的时间内,我们的诗歌应该是暗夜里的火把,引导着人们沿着某种方向去寻找生命的意义。诗歌引导人们向真,向善,向往一切美好就是它存在的意义。意蕴、情感,与之恰如其分的表达应该是一首好诗的基本构成。

我很少看诗歌理论方面的文章,我觉得诗歌理论属于诗歌研究者,对于诗人来说诗歌理论未必不是枷锁,随着写作经验的积累,任何一个成熟的诗人都知道该去写什么,该去怎么写。

唯一需要忏悔的是我曾经离开过诗歌,离开了整整二十年,当生存与理想发生激烈冲突的时候,我选择了生存,毕竟我也是上有老、下有小的拖家带口的人。庆幸的是,我最终回到了诗歌,回到了自己的精神世界。

一个好的诗人,必将把自己与时代紧紧相连,必将把别人的快乐看成是自己的快乐,把别人的苦难看成是自己的苦难。他也必将时时刻刻思考着一个民族、一个国家的前途和命运。诗人不需要站在一个假设的道德高地向每一个路过的人大声疾呼,诗人需要的是静静地观察,火一样情感的投入,然后拿起笔来,让你的灵魂在昏暗的灯光下轻轻地歌唱。

　　永远不要为了写作而写作,虚伪是诗人的天敌,天真是诗人的本性,当然天真不等于幼稚,不要用幼稚的诗句掩饰天真的想法,天真与本真是一对孪生姐妹,具备天真特质的人容易成为浪漫主义诗人,具备本真特质的人更容易成为现实主义诗人。

远 岸

生于1964年,海南文昌人。著有诗集《无岸的远航》《带上我的诗歌去远行》。

黑暗中，听莱昂纳德·科恩

<small>代表作</small>

没有比科恩更加男性的声音了
没有比科恩更加伤感的歌吟了

一些音符从深海升起
一些节拍在云端梦游

刚刚还在细语缠绵
马上又要离别无期

关了灯闭上眼睛
端杯红酒轻轻说声
"晚上好，科恩"

神秘的深喉伫立空中
灵魂的交欢来自高处

你把日子过成诗
在空无一人的地方
充满勇气大声宣布
"我爱你"

你的屋子你的世界
像一只地球之外的大船
即使在漆黑的夜里
也那么闪亮地自由晃荡

新作 勃艮第密码

父亲与海

父亲从山区来到海边
守着大海,推心置腹
岁月走了,父亲不走

父亲爱玩海
和他同年同月的小伙伴
一起泡在海水里
长大后互叫同年

父亲说,看海——
要看到海的每一道纹理
要用心

父亲说,玩海——
今天就玩
明天有明天的精彩

父亲说,我们没钱吃猪肉
只好吃龙虾、鲍鱼
吃海里的

会像海一样聪颖

父亲说
男儿要文武双修
要海天一色
你想要的女人
就是家里人
就是和你
看海玩海的女人
父亲说,有理走遍天下
很多人都不讲理
咱们就待在这里

这里自古叫龙楼
自古就是五龙飞天的吉地

这里的海
自古叫南海
有佛光普照

致母亲

太阳还在
月亮还在
有一个慈爱的声音
却已不在

一声声叫喊——
回家喽
吃饭啦
睡觉哦

又轻
又细
沿着窗台
滑落床边

这是母亲的声音
一串断线的珍珠

若有若无
如勃艮第的味道
阳光般摇动着
月影般凝固下来

鹰的呼啸

1

每一次相遇
都在高处
注定与星光一起漂泊

红椰仙子

可可精灵

奋不顾身潜伏其中

像恋爱时的天使

最爱的一种深呼吸

体香极致温软

舌尖极致诱惑

所有鬼魅的芬芳

赤裸飞荡

欲望之泉喷涌

太阳在杯底艳舞

2

鹰的呼啸

万里摇撼

寒风中全是翅膀

黑暗里焰火狂笑

一百年

一百五十年……

纳帕谷紫色发髻的高度

海口湾摩天祥云的高度

极致的高度

刚刚开始

勃艮第密码

勃艮第有个

神秘的符号

极度淡定

返璞归真

接近水

极简的表达

褐红色的神灵坐在那里

月亮般硕大而饱满的

水晶杯

一个肥美的身子滑向另一个

口腔里的飞行

最古远的诗句

穿越最高的那棵树

阳光在叶子顶端战栗

蘑菇云在舌尖上升起

万物沉睡

有人从窗台跳下

江河奔腾
站在岸上的影子
凝望或者呼吸
没有结局

冬日的温暖

这些暗红色的记忆
穿越冬日
一定是
为了倾听焰火的心事

寒冷刚刚开始
莱昂纳德·科恩
刚刚在冰封的云层
展开极致的飞翔

太阳依然冉冉上升
大地的心
依然
隐藏在遥远的林子里

就像这些神奇的液体
门开了
多么漫长、唯美
时间停止

只有风

在高处窥视

一把无与伦比的大提琴

一些来自太阳与月亮的天籁

一些哈瓦那孤单暧昧的滋味

科罗拉多大峡谷

科罗拉多大峡谷

是杜乔十四世纪梦游的画册

我差点发誓

这一切是假的

七百里峡谷

有钟声不断

亿万年风雨

恐龙

怪兽

从地球的缝隙探出头来

我看见上帝之手

从太阳上取火

石柱石峰沸腾

一个个象形文字诞生

我和一些印第安兄弟

肤色乌黑

眼睛明亮

我看见Mr.W

快乐地行走在美利坚合众国

他握着硕大的雪茄

还吹着动人的口哨

以后的故事

交给纳帕谷延续

正与这里的阳光匹配

分界洲岛

分界洲岛今天大雨

阳光四处飞溅

脚下的贝壳、小海螺

纯净、渺小

半个身子陷进沙砾

南北,东西

黑白,美丑

生与死

亿万年来

融入分界洲岛的高度

随笔 把日子过成诗

  我很赞同彼埃尔·勒韦尔迪的诗观：诗是"地平线的拓宽，自由个性的弘扬""拓宽这过于沉重的世界"。所以，诗人不仅要感受夜里群星多么寂寥、多么寒冷，更要珍爱并传达太阳升起之后那些真切的温暖和救赎的希望总会破茧而来，这太阳，不一定是那物质的太阳，而是心中的太阳。

  正如阿多尼斯说过：写诗时理性沉睡，思考时感情入眠。

  是的，万事万物在诗人眼里都可以是倾诉或倾听的对象，一首让世界落泪的大提琴曲或者忧伤到骨子里的萨克斯，一瓶等候时光静止的勃艮第或者一支让你销魂的、乌黑发亮的硕大雪茄，清晨一滴雨露或者夜色里的一丝晚风……还有许多看不见、摸不着的，却让你心头尖儿发颤的暗物质，各个维度，无所不在，我们赞叹、敬畏、思念……

  诗歌是感性的，但绝不意味诗歌仅仅停留在感觉、感悟、感触这些感性的审美上面，还要更深入、更透彻的洞察，这就是思想中的思想，只有呈现"思想中的思想"的诗作，才能真正"拓宽这过于沉重的世界"。

  我的诗歌创作始于大学时代。曾经多次有大学生问我："诗歌有什么用呢？"我毫不犹豫地回答："诗歌是人类的良知，也是人类感知生命、触摸世界的最佳方式。"

  是的，这个世界有太多的无奈、太多的伤痛，而诗歌恰恰是一个诗人可以完成的穿越与抗争！诗人可以在酷寒中分娩温暖，可以用纯粹的阳光灿烂粉碎丑陋狰狞的重重雾霾，可以让心与心贴在一起聆听从深海升起的音符,可以触摸像红酒一样梦游的节拍,可以站立于水面之上成为红色的帆……

对于诗人,语言的独特性和实验性当然重要,甚至思想的力量和深远的启示都由语言来决定。然而,诗人不仅仅对语言有责任,还对良知有责任,对爱有责任。重要的肯定不是自叹自怨,而是必须修持出足够的自信和从容,绝不被眼前的冰封所阻拦。

我很幸运出生于美丽的热带海岛,大海、阳光、红帆、蓝天、白云、涛声、咖啡、红酒、侨胞……海南岛这些独有的内涵,就是我的诗歌语言的密码和符号,每一次的启动与组合都可以那么的鲜活、独特,都可以是一次激情的涌动和自我的狂欢!读诗、写诗、听诗,都可以让我泪流满面。

依山望海,祈愿我的诗句不仅有海的腥味,还有海的鲜美、海的甘甜、海的浩渺、海的神秘。

其实,我最想表达的依旧是我多年前说过的话:诗人最应该把日子过成诗,让自己的诗歌温暖自身并且温暖更多热爱诗歌的人们,让更多热爱诗歌的人们也把日子过成诗。

即使在漆黑的夜里,也那么闪亮地,自由晃荡。

曹玉霞

生于1964年,山东临沂人。著有诗集《满春》《秋天的香蒲草》等。

代表作 黄 昏

最值得记住的黄昏,应该是
鸟越叫越急的声音
是河边,一排一排
老柳树漫过河道的影子
是很远就看见的炊烟
青草的味道
围着若隐若现的村庄
是一群小孩子蹦蹦跳跳
嬉闹着回家的尾音
是父亲弯下的脊梁
是一筐背回家
摊在大门外的青草
是一个人的童年,被风
吹进那些长长短短的胡同

[新作] 四月的一个清晨

中　午

我们围坐在沙滩上

沂河在我们的目光里

我们在几只麻雀的目光里

喜鹊在一棵大树的目光里

知更鸟在一朵云的目光里

花朵在天空的目光里

蒲草在风的目光里

鱼在水的目光里

撒欢,从水中跃出

它们肯定是太自由了

想跃出来看看人类

黄昏帖

一阵风吹来了

我喜爱的那些花的味道

一阵风吹来了

流水推动波纹的味道

草的味道

和一只白鹭沉思的眼睛里

远不可测的潮湿的味道

夕阳以柳树的姿势下垂

我的影子越来越长

在低矮的草丛里

和我一样有着敏感的嗅觉

河水拐弯的地方

我们一同蹲下来

看一只赶路的蚂蚁

把黄昏的脊梁咬出

一道深深的血印

拍　照

夕阳跳进河里沐浴

我看日落

看两棵站在水中

倒垂的柳树

越来越喜欢

把风景都收进镜头

越来越喜欢，一只鸟

在树上停留的那一瞬间

路口的疯子

好几天了,他始终
站在同一个位置
他的手臂不停地来回摆动
一会指向左,一会指向右
他在指挥街道上混乱的交通
他是一个疯子
嘴里不停地说着什么
不低头,也不仰头
他表情单一,神情呆滞
没人能看到他内心的风暴
他衣衫褴褛,满脸污垢
无视过路的行人和
那些看向他的眼神

他是一个被生活击败的人
却将众人的道路
用长长的手臂指了再指

四月的一个早晨

这是一个晴好的早晨
我在楼下漫步
吸第一口空气的时候
我有些贪婪

我用一个早晨的时间
打量三朵先开的月季
风吹起晨光的皱褶。很快
燕子跳跃的啼叫声抖开
青菜和泥土混杂的味道

月季花瓣上最初的奶白
玫红，一圈一圈
时光骨血里流淌着
青春脸颊上的粉

我承认，我怀揣着
流水般的欢乐
我承认，我爱那些锋芒
像深爱着这到处都是锋芒的尘世

陵水的雨

细细的，柔软的
像站在我面前的女神
具体地说
像一个抒着情的女神
这散发着椰子
香蕉、绿橙、杧果味的雨
飘落在7月7日安静的早晨

飘落在我2208房间的凉台

这透明的、柔润的手指

对世间万物的抚摸

是那么让我欢喜

那些渺小的、粗犷的、坚硬的

和锋芒之上的事物

此时，在我的耳边发着

各自不同的声音

随笔　诗歌，给我生活的一个交代

2010年初，春天刚眨了一下眼皮，就被夜里一场突如其来的雪覆盖，清晨拉开窗帘的那一瞬间，我的神经被窗外那片白茫茫软绵绵的世界深深地触动，苍茫的天空之下，除了蹲在防护窗上那两只啾唧的麻雀，周围一片安静，连一丝风声都没有，也许是灵感使然吧？我写下了搁笔多年后的第一首诗歌《春雪》。

越来越喜欢把自己融入大自然当中，喜欢大自然母性般的包容。花朵再小只要开放就是我的诗，草再不让人待见和我的眼神相遇便是知遇之恩的缘分，一滴水只要清澈就是我无需形容的最美之词，一只鸟只要有天空便完成了我的诗意，何必辽阔和高远？！

父亲走了以后，我对故乡也有了恐慌感，怕有人仍在我面前提起父亲，怕见到那个小村子里的任何人，也不敢再回那个小村庄。

父亲走后的第一个春节，先生还是和父亲在的时候一样，嘱咐我准备东西去哥哥弟弟家送年，我说："父亲没了不去。"他知道我是心里难过便没有说什么。还有两天过春节的时候，他却自己买上东西去了一趟，回来跟我说，弟弟家好几个孩子，不去送点东西给孩子们心里怎么也过意不去。其实我何尝不想，只是不想主动去碰触那份痛苦，也怕去了惹得别人更加难过伤心。

过完年后弟弟一个人来了我家一趟，进门后就坐在沙发上也不怎么言语，先生问他有事没有？他说："没什么事就是来玩玩。"我们都是会控制情绪的人，亲人相见，本是对逝去的父亲的怀念，但我们什么都不说！弟弟走后，我把自己关进卧室痛哭了一场。

这些年，先是公公的离去给了我很大的触动，然后是父亲。两位老人的先后去世让我对生活看淡了很多，对待事物的态度也逐渐慢了下来，一个之前做事从不留尾巴的人，现在做起事情来只要能拖便一拖再拖，有时候自嘲说自己是一个拖延症患者，倒是追求自由的内心越来越重。先生说我写诗把自己写傻了，其实我是写诗把自己写得更简单化了。

很庆幸自己的生活中还有诗歌，这是一扇属于我自己的秘密之门。我的情感、我的乡愁有时候会生病，唯有诗歌可以治疗，也唯有诗歌能给我的生活一个交代。

雁 西

生于1965年,江西南康人。著有诗集《走出朦胧》《时间的河流》等。

代表作 像晨雾一样亲吻这个世界

这晨雾，是你的吻
吻过了我的谷穗，我的菜地
尤其，我出生的小村庄
最深处的灯，也是
最明媚的土丘，那些正在
落去的桃花，和开得正盛的
油菜花

亲爱的，我醒了，在清明
和春天一起醒了，我不再
哀叹
花谢得如此之快，像雪一样
见光就化。不再哀叹落叶落得
如此之快，尽管她曾在
我的手心被捂热，还是像落日
一样沉入海中。也不再哀叹
父亲走得如此之快，咳嗽声
从此不会再响，唯愿他在
另一世界不再牵挂我们
他该好好地为自己过

这晨雾,是你的吻
吻了桃花,吻了落叶
吻了春天,吻了死亡
吻了我厚厚的唇
是呵,那些晨光中的
雾,恰是你我对这世界
最温柔的
爱。有了你,我便有了
全世界

像蜻蜓，轻轻地飞过池塘

月光，读懂了你背上的诗行

在海的南边，儋州
看见了鱼、鸟、亲人，在你的手上
那只鸟蹲了很久，有心事想告诉你
或想安慰你这个老人

在海边你看见，鱼在水中和渔民亲吻
天然之间的翅膀，往返尘世与仙境
生与死只隔一道墙
幸福和苦难也只隔一条河
但是，谁可以像你一样看清

在京城，或在最南端
走过的地方都令你愉快
你不抱怨
你俯下身子，打井，插秧
让月光读懂你背上的诗行

关于世界，关于阳光，关于海水
在这里，你都明白了，你都接纳了
宽恕了，像海一样无怨

时间，你可不可以再慢些

已不再年轻

你选择在一座老墙的角落处

看到一朵月季，鲜嫩

在青春一到就开始凋零

随着阳光，在月上的露珠

你暗暗地哭，不敢大声，不敢

让人知道。时间你多么需要她

越老越需要彼此的体温，渐渐冷却

再也难于捂暖

你在等

慢一些，时间，可不可以

再慢一些

我和你轻轻一碰，世界碎了

那些花，在哭，哭了好几天

为什么来得不是时候，不如不来

免得彼此看着难受，那些草，在笑，

总忍不住想

一个人、一群人，有时总那么

莫名其妙

那些月色，读过你的诗，诗中的她，

已被你神化了

可是，神呢？你是在哪

那些喝过的酒

早就烟消云散了,唯有和你碰杯的那场

世界划成两半,一半在你的杯中

另一半在我的杯中

我和你轻轻一碰,世界就碎了

你把功名放在水中,让功名和水一样流走

你决定好好活下去

做饭,学医,看天象,教书

每一样你都投入,像你的诗词像你的书画,

每一件作品

传递温度,慰藉一些被世间遗忘的

心。悲凉、苦涩、无奈,看见你的诗

去见了鬼,无影无踪

你走过山川,走过时间的禁地,

在构建一个梦,而梦中,都是爱

爱每一个人,可是不包括自己

关于功名,你最不爱她,但她却爱了你

生生世世

像蜻蜓,轻轻地飞过池塘

当鸟和鱼亲吻,在一起

天空蓝极了,水也蓝极了

我在青神,和你相遇了

稚气的脸像青苹果一样。的确
今天很不一样,一丛丛花在笑
一棵棵树在笑,一只只鸟在笑

初恋的感觉,青涩
得不到才是最好的,雨滴
一丝丝连着下,叶子特别青
哎呀,脸红了,被你们看穿了
心怦怦地跳,在你的面前,不敢
抬头。这一刻好像发生了什么
晕极了。不过,我想起了
我的名字叫苏东坡
你呢,你的名字,很美,很美
有月亮的夜晚我会轻轻地念
记得那一年我十六岁
十六岁小吗?不,十六岁不小啦
那时的我,什么事我都懂的
我在青神爱上了你,我的青神
我没有牵你的手,尽管很想
我没读我写的诗给你听,尽管很想

我曾经爱过你
像蜻蜓,轻轻地飞过池塘

依然轻轻地告诉这个世界

天地看不见,六月雪真下了
那些痕迹找不到了,回头无路
我知道,向前,只会离你更远
思念,断肠,全倒在路上,在月下
仅寄的月光,也被这里的雨
淋湿了。梦境,和你在中秋共婵娟
都不在一起了,就不应有恨了
我想劝劝你,安慰安慰你
不再思乡了,乡都在脚下了
一生中时间和你走过的,包括空中
飘动的云,他乡的水土都是故乡
希望那些,亲一口,全出现了
每天走很远的路,转来转去
大海和高山的对话,被幸运之门
紧紧关闭,也许已经没有可能
难道在这个世界你我永别了吗
又回到出发的地方,筑梦,修行
从未放弃,相忘于江湖,怎么可能
三星伴月,怎么可能日出夜晚
而你的琴音,和大运河一起流
千年万载。剑指天下,剑指三千里桃花
死灰,也可复燃,还剩一点点星光
对你而言,草舍又何曾不是天堂

采集阳光,你像萤火虫在黑夜中
一缕阳光够了,直到黎明的再一次
来临,最后的时分,你依然坚持
依然轻轻地告诉这个世界:我爱

像雪霜一样,这冷白的头发呀

生死之间,十年
孤坟,茫茫的草丘之中
千里,相隔于千山万水
凄凉的风在吹,想说些什么
又有谁会静听
一切都在时间中,转动
即使我们彼此
相逢,再也不可能认出彼此
沧桑的面容
像雪霜一样,这冷白的头发呀
这思念,来自深潭的忧伤
我当然还在想你
这梦,抑或只有回到故乡
才拾回年轻的模样
从此,不再漂浮不定
草听见了
阳光看见了
海也知道了
我还是爱你

印象森林

鸟鸣,叫醒了整个早晨
白雪公主,还在梦中
揉揉眼睛,已经在春天的嫩芽里
整个森林在唱歌了,一切都苏醒了

深呼吸,我就这样沉浸在幸福里
而清风,在念着每棵树的名字
椰树。槟榔。杧果。木瓜。
尤其是菠萝蜜,腹中写满了情书
甜蜜,谁吃了谁就会遇见梦中情人

印象中的森林
有一双深邃的眼睛,有一颗与世无争的心
静穆。长久。歌声。分享
不一样的时间,不一样的爱
你是我要回去的梦,森林呵森林

在这里相遇或者相见,是天定缘分
让我们逃离城市,回到森林
留一块泥土可以踩
留一块菜地,可以看见生长
无条件地被绿色拥抱
回到森林,就是回到家

随笔　诗歌应该给世界传递温暖

所有的艺术都是自然在精神田园的结晶，诗歌更是如此。诗歌是自然在艺术中的光芒，这种光芒可以永恒和穿过人类心脏，这种光芒可以使更多人感受到世界的美好。诗歌，应该给世界传递温暖。

在我的想象中，诗的国土，应该是鲜花盛开、树木葱茏、生灵欢愉的美丽田园。由此，返回大自然、热爱原生态的意识应该是我们这一代诗人的一种生存使命。自古以来，田园情结一直在诗人的内心世界闪烁，李白、陶渊明、王维等诗人的作品，就是因为其对田园的钟爱而文泽熠熠，留下了自然和时代的辉煌。现在全球自然状况堪忧，大气在渐渐变暖。生态在快速退化，许多动植物在减少甚至灭绝，自然资源的破坏依然严重。这些是摆在我们整个人类面前的课题，对于诗人而言，应站在时代的前沿，重回自然与田园，是新时代赋予诗人的责任。大自然的美无与伦比，大自然的诗歌和灵魂理应根植于我们这一代诗人心中。在大自然与人类之间，我们应该寻找契合和沟通。诗的创造过程，可以说是诗人感悟生命、自然和反思内心的过程，诗可以是大自然中任何一件美丽的东西，正是因为大自然中有这些美好的事物，于是诗歌、艺术和生存才拥有追寻的梦想和未来。

我认为一个真正的诗人应该有使命意识，应该深入到人民中去，走向更为广阔的空间。我喜欢艾青，"为什么我的眼里常含泪水？因为我对这土地爱的深沉……"无疑他称得上是人民的诗人，这样的诗人,被人民铭记,这样的诗人,用诗歌见证了历史,历史也见证了他们。毫无疑问,中国新诗的黄金时代,是二十世纪八十年代。北岛、顾城、舒婷等朦胧诗人的觉醒与彷徨,在时代的天空写下无数的问号和质疑,使得中国的诗歌在历史的地平线上发出灿烂的光辉,他们虽然写自我的思考和情感,却和时代、社会的心脏一起跳动。随着时间的漂洗,他们的背影会越来越清晰。做人民的诗人是诗人的一种境界,蕴含的责任和使命是崇高的,一者其生存的思想境界超乎同代诗人;二者其诗歌创作的技巧和语言超乎同代诗人;三者其自身的命运和时代、人民的命运贴得最近,这样,心灵崇高,诗歌才会变得崇高。

步入中年，诗歌写作的新变
——第八届青春回眸诗会在海南陵水举行

黄尚恩

2017年7月7日至8日，《诗刊》社第八届青春回眸诗会在海南陵水举行。入选本届青春回眸诗会的13位诗人是阿信、曹玉霞、陈先发、何晓坤、胡弦、黄梵、蒋三立、毛子、桑克、王琦、远岸、雁西、张执浩。诗人们首先参加了青春回眸座谈会。《诗刊》副主编李少君、陵水县委常委、宣传部部长万才胜分别致辞。与会的诗人们分别发言，回顾自己的青春岁月，畅谈步入中年之后的诗歌创作变化。

回眸青春，张执浩想到的是自己曾经写过的诗《梦见向日葵》："在十万只葵盘中间／你有一张灿烂而孤单的脸／青春即将永逝／泪珠隐而不现／昨晚我又梦见了那一天／天空中飘着细雨／十万株向日葵慢慢低下头去。"诗中的"那一天"，指的是1994年参加第十二届青春诗会的日子，在点点滴滴的细雨中，看着漫无边际的向日葵，青春的向往和惆怅一览无遗。在座谈会上，张执浩谈到，在这个时代，一个诗人可以很快地树立自己的名声，但同样也很容易就会被人们所遗忘。因此，不能把一些外在的东西作为诗歌写作的根据，而是要依靠自我内在的驱动力，诗人只有保持对生命的鲜活体验才能使写作的情愫持续涌动，承担起自己在词语世界里的使命。

回忆起1997年参加青春诗会的情景，诗人阿信同样感慨良多。接到参会通知时，有点懵懵懂懂，不知道参加青春诗会还要提交诗歌稿件，空着手就来了。后来听说要交一组诗，没办法，就只能现写。当同学们都出去采风、交流的时候，他一个人闷在房间里，默默写诗。

从《阿信的诗》《草地诗篇》到最近将要推出的第三本诗集《那些年,在桑多河边》,阿信的写作视野越来越宽阔,除了原有的草原题材,也出现了很多海洋题材的作品。而他的心态也越来越释然,在近作《草地酒店》中,阿信写道:"我也有天命之忧,浩茫心事/但不影响隔着一帘银色珠玑,坐看青山如碧。"

诗人桑克在座谈会上谈到,在工作上无法获得太大的成就感,于是就靠创作诗歌寻找生命的存在意义。年过半百,顾忌的东西反而越来越少,想写什么就写什么。写作是极其自由的但是又必须为之设计相关的语言纪律。但是写之前什么都不需要,只需笔纸,把想好的部分写上去,然后把能推进的东西推进下去,或者猜测或者想象或者衍生或者逻辑,或者这样或者那样,直到什么都不想或者自己觉得必须结束时就结束。现在,每天写得很多,自己也写得很开心。写作的报酬其实早在写作之时就已获得,就是创作时的那份喜悦,至于能否发表反而变得次要了。

"年逾五旬"这个词用在诗人胡弦身上,总是显得怪怪的,可能是因为他的脸上还洋溢着浓重的青春气息。虽然胡弦的作品常带有抒情的意味,但他更追求"庾信文章老更成"的东西。他认为,我们百年新诗的经典篇目大都写于作者20多岁时,这是不正常的。与之相较,杜甫的《登高》、艾略特的《四个四重奏》、沃尔科特的《白鹭》等很多作品均写于诗人的晚年。中年写作、晚年写作,以及诗歌创作的续航能力,是值得关注的问题。具体到他自己,"年岁虽已不小,但总觉得现在的写作像一种练习,是在为将来的某个写作做准备"。

有人坚持持续写作,有人则中途中断了,诗人何晓坤就是其中的一个例子。他说,有很长一段时间,他把更多的精力放在山区的学校和寺庙上,因为他觉得为山区的孩子修一个操场,为山区的寺庙修一座水池,比写好一首诗重要得多。即便如此,诗歌在他心中依然有着崇高的位置，一直割舍不掉。在离开诗歌的日子里，心中也一直满怀愧疚。近段时间，他又把一部分精力放回到诗歌创作之中，但他经常提醒自己，做什么，都要放下执念，随遇而安，释然一些。

步入中年，诗人们的诗歌观念也产生了一些微妙的变化。青春的激情不再，但更能够以平静之心体察万物变迁。诗人毛子说，最近他和诗人朋友去长江边，面对这条日益萎缩的河流，依然能够感受到"风急天高猿啸哀""不尽长江滚滚来"的悲壮。走进长江博物馆，面对这数千年的石头、贝壳，它们什么话都没说，但好像又说出了一切。诗歌创作也应该如此，在沉默与言说之间找到平衡的力量。

"青春回眸"，不仅要反省诗人自我的写作，也要反思诗歌总体的发展历程。诗人黄梵说，他年轻时候的写作，更多的是出于一种骄傲、自大；步入中年，慢慢觉得个体非常渺小，想控制一切是徒劳的，反映在诗歌创作上就是去掉个人化，不要把创作仅仅建立在个人的狂妄和快乐之上，而是要写出个人与环境之间的深邃而复杂的关系。他还谈到，我们应该换一种视角来评价中国新诗，新诗成就的高低取决于它为中国文明的进程贡献了多少力量，我们继承了古典的传统，也学习了西方的传统，应该把两方面的资源和启示结合起来，审视当前的文明困境，写出真正具有分量的作品。

回眸青春，实际上是为了当下的写作。只有修正写作的跑道，才能够跑得越来越远。诗人雁西觉得，中年的自己更加能够沉下心来，勇敢地面对内心和灵魂的真实。诗人远岸说，作为一个诗人，不要太自私、太自恋，要承担自己独特的使命。在诗歌创作中，既要写出这个世界的寒冷，也要传达出这个世界的温暖，温暖自己，也温暖他人。诗人曹玉霞谈到，写诗让她越来越年轻、简单。写诗之后，更加关注社会，关注周边的环境。诗人王琦说，诗歌应该表达内心最真诚的想法。诗人既要面对社会，也要审视自我。诗歌是暗夜里的光，照耀人们前行的道路。